アンドレ・ブルトンとラドヴァン・イヴシック（ブルトンのアトリエにて、1955年）

C'est la beauté de Benjamin Péret
écoutant prononcer les mots
de famille, de religion et de patrie.

André Breton

シュルレアリスムとは、家庭、宗教、国家といった言葉を耳にしたとき、
バンジャマン・ペレが示す美しい姿勢である。

——アンドレ・ブルトン

Radovan Ivsic

Rappelez-vous cela, rappelez-vous bien tout

あの日々のすべてを想い起こせ

アンドレ・ブルトン最後の夏

ラドヴァン・イヴシック
松本完治 訳

ÉDITIONS IRÈNE KYÔTO MMXVI
エディション・イレーヌ

カバー写真・サン＝シル＝ラポピー全景

中央ヨーロッパの森の奥に隠遁することを選んだあと、現代において生きる根拠をどのように見出すのであろうか？ なぜ十字路の上で、他方ではなく一方のみを選ぶことになるのか？

もしラドヴァン・イヴシックが五十年近くの間、彼につきまとってきたこれらの問いに答えようとして、その結論を可能な限り、人生の最後まで遅らせてきたとすれば、それはまず何よりも、アンドレ・ブルトンのすぐそばにいて、その断固とした孤独に導かれつつ、たどってきた人生の軌道から、何の利益も得ていないのではないかという不安によるものであろう。しかし、結論を最後まで遅らせたことはまた、これまで踏みしめてきた道程の輪郭をくっきりと浮き上がらせるために、最大限に眺望の距離を置いたということでもある。

かくしてラドヴァン・イヴシックは、数々の出来事の注目すべき連鎖を報告するため、自らの視線を十年間に絞り込んだのである。しかしながら、このような企ては、ある出来事から別の出来事へと結びつけるものを見失わせる余地があってはならず、鋭敏な意識をもって記されねばならない。そのことから、彼は言葉によって可能な限り、事実を最高度に正確に物語ることを決断したのである。そうであるからこそ、アンドレ・ブルトンの人生の最後の一ヶ月を共に過ごす時に、彼は幾度も繰り返し言い続けるのだ、「あのことを思い出そう、すべてをよく思い出すんだ！」と。この命令を絶えず繰り返すエネルギーが、本書に綴られた証言の大きな力となっている。

編集者識

目次

〔凡例〕

＊　原註、本文中に記載

※　編者註解、本文の後に記載

★　訳註、本文の後に頁を付して記載

どのような秘密の羅針盤が道筋を決定しているのか?

一九五四年の春、ザグレブの北にある森に覆われた山あいの地、メドヴェドニツァ。外気は切れるばかりに鋭い。もはや私に会いにやってくる知識人、作家、もしくは演劇人はほとんどいなかった。彼らはチトー政権統治下で、苛烈な社会主義レアリスムへの忠誠を誓っていたからだ。私は森の中、たった一人で生きていく覚悟を決めた。息苦しい街に留まるよりむしろ、森の番人小屋にしばし住みついたのだ。そこは海抜ほぼ千メートルの高地で、流れる水もなく、電気も電話も通じていなかった。私はこうした孤独がどのような道を選んでいるのか、まだ気がついていなかった。私は国境が消え去る道、予想外の道を選んでいたのだ。

粗末な避難所のなかで、ともかく私は基本となる一台のベッド、一脚の椅子とテーブルは確保していた。食事を摂るために、薪によるかまどの一隅を使うことができた。水については、外へ探しに行かなければならなかった。電気はなかったが、私はティラ・ダリュー※からもらった素晴らしいオイル・ランプを持っていた。彼女は、ラインハルト率いるシャウビューネ劇団の女優で、表現主義の蔵書や絵画、未開のオブジェなど信じられないほど沢山の自分のコレクションを守ろうと、それを持って、戦争初期からザグレブに亡命していたのだ。

私はまた自分のタイプライターと数冊の本を持って来ていた。そのなかには、私がクロアチア語に翻訳しようとしていたマリヴォーの『マリアンヌの生涯』もあった。私は語学の知識のおかげで、翻訳で日々を過ごしていた。それは共産主義体制とは別個に自立でき、永続的な搾取を前提とする隷属状態から逃れ得る数少ない手段の一つであった。頽廃的だという口実で私の著作は発禁となり、劇場からも排斥されて以来、これが私のできることの全てだった。おまけに、その数年前の早い時期に、私の詩はクロアチアのファシストどもによって、同様の口実で押収されていたのだ。私はすでに多くのフランス文学の古典を翻訳していた。ジャン=ジャック・ルソーの『告白』、モリエールの『ドン・ジュアン』……、近年の数々の劇作家（メーテルリンク、ジロドゥー、アヌイ、サルトル、イヨネスコ……）、さらに詩人たち（ロートレアモン、アポリネール、アルプ、ペレ、ブルトン、一九三九年に《ヴォロンテ》誌に掲載された『帰郷ノート』を私が発見したセゼール）など、それらを出版するためには、やはり闘いがついてまわった。そしてそのことが最大の難題だった。私が翻訳する詩に句読法が欠如しているという理由で《労働者階級への侮辱》だと言うが、熱心な読者の一人でもそんな非難をするとでも言うのだろうか？

私はユーゴスラヴィアの外側で起こっている物事など何も知らなかった。いかなる外国の新聞も届かなかった。ただ分かっているのは、感覚的な領域にまで譲歩することはないということだった。それだけが支配に独占されることを免れるのだ。

そんなわけで、森に引きこもる前までは、政府筋の編集者が——それ以外にいないわけだが——、社会主義レアリスムの規範にぴったり一致するはずがない私の戯曲あるいは詩を出版しようとするのを、ほぼ機械的に断ることにうんざりしていたので、私は自筆の詩集『タンケ』を、どんな犠牲を払ってでも自費出版で刊行しようと決心したのだった。私の知る限り、この地で意見を持っている者など誰一人いなかった。それは、出版社も印刷者も書店も国家に支配されているからであり、アジ＝プロ（政体の自己宣伝を意味するソ連直輸入の用語）に厳格に監視されているという単純な理由からだった。紙が監督下に置かれていることを除けば、出版の全き自由は間違いなく憲法で保障されているはずだった。

しかしある日、私はリセの昔からの同級生であるウラジミール・ブロニャックのことを思い出した。彼はのちに言語学の仕事で知られるようになるが、当時はごく普通の校正係としてザグレブの大きな印刷所で働いていたのだ。私はちっぽけな事務室にいる彼に会いに行き、そこで出版の問題に関して、彼が確実に私よりも通じていることを知った。彼は出版する時に主な障害となるのは、今日では紙の配給制であることを私に教えてくれた。そのことから、印刷所の中庭で目にしたのだが、紙くずや刷り損じの紙を捨てる場所に、裁断された紙の残り切れがたくさん積んであり、そのうちのいくつかはシミ一つなく、十分に大きなサイズであった。私はなぜこれらの残り切れを利用しないのか不思議に思った。私の詩集は大判である必要はない。そう考えると、私は直ちに印刷所長を紹介するようブロニャックに頼んだ。所長もまたこの尋常ならざる提案に当惑したが、拒否する謂われはなかった。私は小さな黒い本にしようと千部を発注したのだ。これは明らかに法外な部数だった。というのも、体制下に組み込まれたほとんどの書店は、配本を受け入れないだろうと踏んでいたからだ。にもかかわらず私は、ともかく本を一目見て、魅了され得る一定の数の読者が十分存在するはずだと考えたのだ。というのも、10×7センチ判のこの本の珍しい外観は、やたらにでかいソヴィエト本とはまったく一致するところがなかったからだ。その内容も同様に、愛と死を謳ったものだった。それはまさに愛が公式的にブルジョワの特権と考えられ、死が社会主義五ヶ年計画への威勢の良い参画のためにひた隠しにされている現状とは、うらはらのものだった。

ともかく賭けに勝つことを待望する他なかった。本は、友人たちの尽力のおかげで出回り、いくつかのカフェに置かれるなど、たちまち品切れとなったのだ。地下出版を意味する《samizdat》という言葉は、当時はまだ使われていなかったが、この出版は、ほぼそういう意味だった。

そうこうしている間もなお、私は翻訳に勤しみながら森の中で暮らしていた。私は道、または道なき道を非常にすばやく上り下りすることに慣れるようになってきた。《熊の山》、それこそはメドヴェドニツァを意味する言葉だった。山の勾配は、下っていく分には走り易いくらいだった。けれども、もし長年棲み着いている熊や大山猫がいなかったとすれば、人は木々の間に現れる私の影に幾度も仰天したことだろう。朝まだ明けやらぬ頃、家の周りにイノシシの足跡があった。しかし森の中へ少し入ると、ブナ林の間で繁殖していたはずのシクラメンや野イチゴが、すべすべした巨大な幹を残したまま消え失せていた。その時の光景は夢の中でのようだった。

それでもやはり私は、買い物の必要に迫られ、たびたびザグレブへ下りて行かなければならなかった。だがジャガイモを買いに街へ出た一九五四年七月のこの日が、私の人生の流れを変えたなどと、どうして想像できようか？　市場の近くで、かつて私が組織した翻訳チームの一人と偶然再会したのだ。プルーストを非難決議したハリコフでの作家会議の指針に則ったチトー体制の強力な勢いにもかかわらず、私たちは当時『失われた時を求めて』の出版を企図していたのだった。彼女はルーブル美術館の若いエジプト学者で、ザグレブの考古学美術館でその豊富な収蔵コレクションを研究するため、そこで働いていると私に教えてくれ、少し散歩しないかと言う。そして帰国まであまり時間はないが、メドヴェドニツァの森を見せてほしいと私に頼むのだった。お安い御用なので、私は次の日曜日の八時に、山頂がほぼ見えるバス停で待ち合わせをしようと伝えた。

バスの乗客の中に一人の外国人がいるのを認めることは大して難しいことではない。ジャニーヌは魅力的で、この脱出行に魅惑されていた。というのも、この二、三週間、彼女はロシア人と英国人しか会話を交わしていなかったので、フランス語を話す絶好の機会だったからだ。私はそれとは違って、パリ、いわゆる他の世界から来る誰彼と出会うことを渇望していたのだ。実に十年以上もの間、他国からのニュースは一切入らなかったからだ。

まず最初に、ゆっくりと木々の間に小道が現れ、それから私たちの交わす言葉が、様々な道のりを描いていく。七月の太陽がブナ林の幹の上にその金色の光を撒き散らしているように、少しずつ、古代エジプトの光が、この中央ヨーロッパの森の中心に降りそそぐ。時間からの離脱。ジャニーヌは、古代エジプト学について情熱的に語っている。彼女はルーブル美術館の古代エジプト学芸員、クリスティヌ・デスローチェ・ノブルコートの指導のもとでアシスタントを務めており、ザグレブで彼女が研究してしている収蔵コレクションが、博士号を取得するためのテーマなのだ。

まず最初に、ゆっくりと木々の間に小道が現れ、
それから私たちの交わす言葉が、様々な道のりを描いていく。

メドヴェドニツァの森の番人小屋
撮影：アニー・ル・ブラン

しかしジャニーヌは、私の翻訳、私の著作、そして文化政策の圧政下から可能な限り逃れるために、私が距離を置いてきたことについて聞きたがった。こうした現実を拒否するばかりに、日は光に満ち溢れている。私たちはたくさん笑いあい、共に散策した。やがて夕刻の七時となり、バスがそこまで来る。私は、彼女がなお一、二日留まらなければならぬという、ザグレブの街まで送って行くことにした。

山に再び引き返すには時間が大分遅くなっていたので、私は夜明けには森へ戻ろうと、街なかに確保していた小さなアパルトマンに泊まることにした。ところが朝の六時頃に彼女から電話がかかってきたのだ。体調が思わしくないという。私は医者を探してやったが、その医者は、フランスへの帰国を十日は遅らせるよう彼女に厳命したのだった。彼女の滞在が延期されてその期間も終わりに近づいた頃、彼女の所持金は底をついてしまった。私は彼女の困難を解決しようと手はずを整える。ザグレブ考古美術館収蔵の古代エジプト遺品コレクションの研究に関して、私は彼女にインタビューをし、その記事を主要日刊紙へすぐに発表することに成功したのだった。幸運にも、ミイラたちはアジ＝プロに邪魔はされなかった。そして彼女の出発の日がやってきた。この時の別れは一層つらいものだったから、最後の時は、私たちは互いにぴったりとくっつき合っていた。ザグレブでの彼女の仕事が終わった以上、すぐには再会できないだろう。私は森の番人小屋に戻り、マリヴォーの翻訳を続ける他なかった。そして二、三週間が過ぎた……。

二、三週間が過ぎ、パリから一通の封筒が私に届けられた。いや、一通の封筒ではない、驚くべきことに、それこそは黄金の鍵だった。クロアチアでの滞在中に助力した私への感謝の印に、ジャニーヌは私をパリへ招待しようと、在留許可証を同封してくれたのだ。これは現実に、ユーゴスラヴィアから脱出することが不可能ではなくなるという、恐ろしいほどの魔法のゴマだった。フランスへ旅立てるなど、夢以外のなにものでもない。信じられないことが、突然可能になるのだ。しかし、パスポートをどのように手に入れたらよいのか？ ユーゴスラヴィアは鉄のカーテンの背後に閉ざされてはいないと公式的に言われているが、国境は厳重に閉ざされており、一方でフランス側としても、すでに外国人の入国を制限しようとしていた。パスポートを入手する数少ないチャンスを得ようと、私はまず（私が設立に貢献した）翻訳家協会の支援を依頼したが、もはや困難な状況だった。他の方法としては、クロアチア作家協会の全面的な支援を得ることだった。数日の審査の末、ザグレブに設置されたこの組織の会長が、その権限がないことを表明し、ユーゴスラヴィアの作家連盟に直接申し出るようアドバイスしてくれた。この連盟は、セルビア作家協会があるベオグラードに本部を置いていた。（それも忌まわしい記憶があるフランキュスカ七番地に住所を定めていた）*。それ故、私はベオグラードへ出向かねばならなかった。八時の列車に乗る必要がある。奇跡的なことに、私はさほどの苦労もなく、この連盟の会長の承認を取り付けることができたのだ。私を招待している人物が作家でも政治家でもなく、ルーブル美術館の若い考古学者であることから、会長は私のパスポート取得に反論するいかなる口実も見出せなかったのだ。

最後に、元シュルレアリストであるマルコ・リスティッチ※の執務室で急な会見が持たれる。彼は、私が少年時代に尊敬していた数少ない人物の一人だったが、後になって、『赤軍のために』という彼のオードやその他の詩に、同じくらい失望を覚えることになった人物だ。私がそこにいることに気づいて大変驚いた彼は、なぜ私がここに来たのかを手短かに問い、横柄に見下すような態度で、スラブ伝説の王の男性的な姿を思わせる彼の名前とはうらはらに、かん高い奇妙な声で、親しげに助言めいたことをのたまうのだった。「やあイヴシック、君には同情するよ、だが、ずいぶん痩せたようだな。フランスに居残ってはいかんぞ。君はそこで結核にかかって、飢え死にするだろう」。

パスポート取得の必須条件にはおそらく不十分だったはずだが、この予言にもかかわらず、ベオグラードでこうした《異議なし》の検印をもらい、決定的な段階を乗り越えて大いに喜びを覚えながら、私は再びザグレブへ戻るのだった。考えもなしに、私は長い列車の先頭車両に乗り込み、

＊それ故、間違いなくこの連盟は、事実上、文化政策の中心だった。

一等車室に入り込んだ。そこで驚いたことに、この国では珍しくフランス語で話している若いカップルが隣に座っているのに気づいたのだ。私はすぐに彼らの会話に入り込んだ。彼らはフランス人ではなく、ユーゴスラヴィアへの旅行後に、スイスのジュネーヴへ帰るのだそうだ。彼らは、ジャックとイザベル・ヴィチニィアッチ※と名乗ったが、それ以上は語らなかった。だから私は、彼らが非常に活発な知的活動に関与しているものと推察するしかなかった。

フランス語で刊行された最近の出版物に私が通じていないことについて、彼らに一種の弁解をしようとして、私はその原因がドイツの占領に始まり、その後に引き続いて、鉄のカーテンが国境線を封鎖したこと、それ故、私はあらゆる外国語の出版物を奪われて十年以上になること、そういうわけで、私が最後に手に入れることができたフランス語の本は、一九三九年刊のG・L・M社版『カイエ』★であり、その本は、約四十人の詩人に対して、《絶対に欠かすことのできない》二十篇の詩は何かというアンケート結果をまとめたものであった。私はその回答の豊饒さにどんなに眩惑されたことだろう、そして『鉄道時刻表の一ページ』という詩を選んだ詩人に非常な興味を持ったことを引き合いに出した。「それは私のことだ！」とジャック・ヴィチニィアッチが叫んだ。この新事実に仰天した私は、回答した詩人の中に、ヴィチニィアッチという名はどこにもなかったと反論した。その名の綴りの一部にある《vichnia》は、クロアチア語で《griotte＝サクランボ》の意味になるので、間違いなく覚えているはずだと。これに対して、彼はジャック・

ジベというペンネームを記した。その名は、ドイツ軍占領下のレジスタントであった彼の名に他ならなかった。

私たちがこの偶然の巡り合わせになおも盛り上がっている最中、警察が検札のために車室に入って来た。驚くべきことに、警官はヴィチニィアッチ二人に対して、彼らのパスポートがその日の深夜十二時まで有効であるにもかかわらず、国境を越えるにはその期限の二十四時間前でなければならず、ユーゴスラヴィアから立ち去る権利を与えられないことから、スイス領事館で有効期限を延長する必要があり、ザグレブで列車から降りるよう厳命したのだった。この予期せぬ厄介事は、我が新しい知人を大いに困惑させた。彼らは旅の最後で、もはやホテル代を払うに十分な所持金を持ち合わせていなかったのだ。幸いにも、私のごく小さなアパルトマン、そこは一人用ベッドだが、ボックススプリングとマットレスを別々に使うことで彼らが夜を過ごせる一室を紹介することができた。その後、すべてがスイス領事館でまもなく解決されることになる。最後に私たちが別れる間際、ジャック・ヴィチニィアッチは私に言った、鉄道時刻表が私たちを近づける決定的な役割を果したのだから、パリへ向かう時は、ぜひジュネーヴへ回り道して、我が家で数日滞在し語り合おうではないかと。

貴重なパスポートを最終的に手にした時は、すでに一九五四年の秋になっていた。何よりもまず一刻も早くパリへたどり着きたかったし、いささかのためらいがないわけでもなかったが、それでも私は、ヴィチニィアッチの誘いを受け入れることに決めた。というのも、ローザンヌまで、旧鉄道として有名な国際列車「シンプロン峠線、オリエント・エクスプレス」が走っており、ジュネーヴまで繋がっていると推測したからだ。ザグレブで外国為替手形を購入できたのは幸運だった、というのも、ユーゴ紙幣では国境を越えることが禁止されており、おまけに三十フラン、つまりタクシーを少しでも乗ればほとんどなくなってしまうような金額以上の為替手形を所持していないと出国する権利がないからだ。

国際列車は、ほとんど空席で、ユーゴスラヴィアを後にするまでは、警察犬を連れた組織的な捜索の対象となっていた。ジュネーヴのヴィチニィアッチ家で三日間を過ごしたのだが、まさに談論風発の場という印象を抱かせた。そこは比類なく自由な雰囲気にみなぎっており、後になってわかったことだが、あらゆる独裁制に反抗していた人々が各部屋で行き交っていたのだ。アルジェリア人、アンゴラ人、イラン人、ビアフラ人、ロシア人、ポーランド人、イスラエル人、そしてパレスティナ人……その時は、私にとってすべてが完全に非現実的に見えたものだが、十五年後にある書店に入ると、彼らの新刊書が陳列されるようになり、ついに影響力を持ち始めるのである。そうしたなか、私はジュネーヴの書店でアルフレッド・ジャリ全集全八巻の新版を見つけたのである。私はそれが手に入るなら、考えもせず、ポケットが空になるまで、すべてをはたいたことだろう。

ジャン＝ジャック・ルソーの『告白』をクロアチア語に翻訳したことが、スイス人にとって、かくも重大なことであり得るなどとは、全く予想外であった。にもかかわらず、私は申し込まれたインタビューを拒否した。自由な生放送で、ほとんど使い慣れていない言語を話し、おまけに他の世界からたどり着いた直後だったものだから、非常に拙劣な印象を与えかねないと危惧したのだ。その代わり、非常な好奇心をもって、私が招待する形で様々な同好の士が集う場所へ赴くことに同意したのだった。私に出された質問は、文学ではなく、まず何よりも政治に関することだった。それだけに、この晩餐のあいだ中、ずっと沈黙していた招待客の女性が、私が発つ寸前に、こっそりと前触れもなく私にこう言った時は、なおさら驚いたものだ。「あなたはパリでアンドレ・ブルトンに会いに行くでしょう、きっと」。この晩餐を通じて誰一人として口にしたことのないその名前を彼女が引き合いに出したことに、大いに驚愕して、私はただ笑うしかなかった。それほどありそうにない、いや、あり得ないことに思えたのだ。「何でもないわ、あなたはアンドレ・ブルトンに会いに行くでしょう、そう言っただけ」。私はこれが風変わりなご愛嬌だと受け取り、とっさにこの女性に問い返すことすら思いつかなかった。

ジュネーヴを出発する前、ジャック・ジベは、パリにいる知り合いの作家や画家の住所を教えようと申し出てくれたが、その申し出を私が辞退したことに、大いに驚いたものだ。ユーゴスラヴィアで私は、その種の大半の人物の態度振舞いを目にする機会を持ってきただけに、その経験上、文学者とか芸術家に対する私のアレルギーはピークに達していたのだ。私はその種のほとんどすべての人物が、どうして自ら主張してきたことを否認してしまったのか理解できなかった。それ故、彼に尋ねた。アナキストやトロツキスト、いわゆる反スターリン主義の左翼の代表者たち、そうした人物はチトーから優先的に細大漏らさず排除され、ユーゴスラヴィアから姿を消して久しいが、逆にフランスでそうした人物を幾人か知っているのかと。少なくとも私につきまとうこの問いに対する、期待するような答えがあるのだろうか? ジャック・ヴィチニィアッチはアナキストを知らなかったが、万に一つの用心のために、パリにいる友人で、トロツキスト組織のメンバーである、サニア・ゴンタベール※の住所を教えてくれた。

ついに翌日、私はパリで待っていたジャニーヌに再会する。彼女は、残念なことにもうすぐエジプトへ出発しなければならなかったが、出発後も自宅に居残ってくれたらよいと言ってくれた。日中の間、ルーブル美術館の仕事に忙殺された彼女の姿をほとんど見ることはなかった。私はパリの街なかを、街路やセーヌの岸辺を歩き続けることをやめなかった。数年来、フランスの刊行物のすべてを奪われていた私は、少しでも本に目を通そうと左岸の本屋で長居したり、時には、到底購入不可能な本をその場で読み終えてしまうことすらあった。

ジャニーヌの他に、私は誰一人知り合いがいなかった。到着して二、三日後、私は持っていた一つの電話番号をかけてみた、それは《トロツキスト》サニア・ゴンタベールの番号だ。電話の相手は、非常に熱意を込めて、今晩、自宅に夕食に来るよう私を招待してくれたのだった。

情熱的なやり取りがすぐに始まり、それは夜じゅう続けられた。出会ってすぐに、サニア・ゴンタベールは私を安心させた。彼は自分の信条を曲げはしないが、共産党政治局員になってしまうことを危惧して、いくばくかのトロツキスト組織における職務をもはや遂行していなかった。自分が声をかけなければならぬ労働者より自分の方が知識人であると見なされていることの安逸さに我慢ならなかったのだ。かといって、あらゆる時事問題を議論する同志間の集会に参加し続けることをいささかも妨げるわけではなかった。彼はユーゴスラヴィア体制の現実をさらに知ること、とりわけゴリ・オトク島★（不毛の島）というアドリア海に浮かぶ無人島が、一九四八年のチトーとスターリンとの決裂以来、極秘裡に政治犯の抑留収容所に変貌していたことに特別な関心を示した。チトーが、政敵を全く告訴することなく、目立たずに送り込むために、風に吹き晒されたこの不毛極まる島を選んだ事実については、実際に完全な黙秘がなされてきたのだ。抑留者が近親のもとに送還されても、秘密の厳守は彼らに強制的に課されてきたので、その島で彼らに負わされた究極の苛酷さと、巧妙極まる思想改造については、全くと言ってよいほど知られてこなかった。従って、ユーゴスラヴィアの国外においては、多数の左派に敵対した人々、いわばチトー体制の現実に失望し、ソビエト連邦こそがその理想に一層適うものと信じた旧党派たち、つまり《スターリニスト》たちの間で、かつて抑留されていた囚人たちを知ることは、事実上、不可能であった。それとは逆に、フランスに脱出した私の方は、フランス共産党のみならず、これまでその存在すら知ることができなかった貴重な反スターリニストたちの著作、例えば、ヴィクトル・セルジュ★の著作や、機関誌『社会主義か野蛮か』★など、多くを知ることができたのである。

朝の三時頃、私たちが別れる際、サニア・ゴンタベールは翌日もまた夕食に来ないかと誘ってくれた。いささか驚いたが、この男とすぐさま会話を続行できるのは、もちろん大喜びだった。この男の政治思想上の清廉さは、私の人生経験上、今やほとんど絶滅したはずの生物種に出会った感覚を私にもたらしたものだから、翌日の夜に起こることを当然予測できるはずもなく、即座に彼の誘いを受け入れたのだった。

約束どおり、私は八時頃に着いた。サニア・ゴンタベールでない声が聞こえ、ドアを開けると、そこにいたのは、なんとバンジャマン・ペレだった。途方もない驚きにもかかわらず、私はすぐに彼を認めると、こう口にした、「今日、バンジャマン・ペレがそこにいた」、それは『ナジャ』

にあるブルトンの文章の言い換えだった。「数日後、バンジャマン・ペレがそこにいた」。この言い回しで皆の笑いが爆発し、まるでそれがパスワードであるかのように、即座に私たちの間で氷が溶けた。幸いにも、彼の突然の出現を容易に信じられない私と同様に、バンジャマン・ペレは、共産主義国からやって来た何者かが自分の名前や詩を知っていたことに仰天したようだった。私は彼が書いた詩をすべて知っているわけでもなく、絶対的不服従を貫いた彼の生きざまを語ることもないが、シュルレアリスムの詩人のなかで、彼こそは今なお私のお気に入りの詩人の一人だ。

私たちが話し始めると、チトーに対する最終的な批判に話が戻っていった。バンジャマン・ペレは、自らもPOUM(マルクス主義統一労働者党)の戦闘員であったスペイン戦争の間に、アナキストが根絶されたことを多少なりとも引き合いに出しながら、徹底的にチトーを非難した。しかしすぐに話題が転じられた。実際に私はこの十五年来、ほとんど知ることのなかった現在のシュルレアリスムについて、知りたくてうずうずしていたのだ。ペレが語り始めると、ユーゴスラヴィアでの私の体験からして、ここ数年、彼らが何に賭けてきたかを理解するのはたやすいことだった。

そういうわけで、ペレは、ポール・エリュアールが、フランス共産党のメンバーになったばかりか、そのうえさらに、スターリンを賞揚する詩を書いたという、私の知らないいきさつについて語ってくれた。一九四七年頃にチトーがベオグラードを統治したあと、とうとうエリュアールは、自らがシュルレアリストであったことを忘れ、あろうことかこう宣言したのだ、「ユーゴスラヴィアは自由の砦だ」と。まったくもってこの発言は、非常な迫害を蒙ってきた私のこれまでの人生の現実と、はるかに相反するものだった。バンジャマン・ペレは、トリスタン・ツアラのことも語ってくれた。『シュルレアリスムと戦後』という嘘で固めた書を発表したツアラは、他の誰よりも許せないと。そしてついでの気晴らしに吐き棄てるかのように、必要とあらば、スターリニストになったこの元ダダイストを追いかけ回し、サン・ジェルマン・デ・プレの満員のカフェテラス前で、罵倒してやりたいと言うのだった。そうなったら、奴は一目散に逃げ去るだろうと。

時間が過ぎるのがあまりに早く、気づいた時は、またしても朝の三時だった。私にとって明快な光が射し込むばかりのこの会談のあと、別れる前に、場の雰囲気を伝え残そうと写真が撮られている間、バンジャマン・ペレは、紙切れに何かを書いて私に手渡した。《これは内密にしているアンドレ・ブルトンの電話番号だ。昼過ぎに電話をしてみたまえ。明朝、君のことを彼に話しておく》。

これがこの夜の二つ目の驚くべき出来事だった。おまけに、まったく唐突に、それも直接ではなく、口にされたわけでもなく、バンジャマン・ペレから、アンドレ・ブルトンに会えと要請さ

私は彼が書いた詩をすべて知っているわけでもなく、
絶対的不服従を貫いた彼の生きざまを語ることもないが、
シュルレアリスムの詩人のなかで、
彼こそは今なお、私のお気に入りの詩人の一人だ。

バンジャマン・ペレ、1955年・冬
撮影：ラドヴァン・イヴシック

れたわけだ。私は、こんなことが可能などとすべてが想像すらできなかった。

翌日、私はアンドレ・ブルトンに電話した。彼は、翌日の午後に彼の住居、つまりフォンテーヌ通り四十二番地にあるアトリエへ来るよう申し出てくれた。私は茫然たる状態だった。パリに来て数日も経っていないというのに、意図的に出会いを探すこともなく、私は今、他の誰よりも私にとって重要な人物と会う約束をしたのだ。この時まで、私は自分をここまで導いてきた出来事の驚くべき連鎖をまったく顧みなかったが、こうした連鎖は、シュルレアリスムの専門家や愛好者もしくは信奉者によって矮小化され得るものではない。彼らはあまりにも頻繁に、《客観的偶然》という観念を軽率に引き合いに出して、それを頑固に信じる傾向があるのだ。そうした一種の曖昧さの結果、そこに宿命という考えが秘かに持ち込まれ、それを自分なりの尺度に熱心に作り変えた一種の超越的な考えが、あらゆる視界に突然現れる不確定要素を許容してしまうのである。

しかしアンドレ・ブルトンが《客観的偶然》という観念をいかに厳格に検証してきたかはよく知られている。彼は、不意の直観や時には雷撃的な手法によって、それぞれ別個の原因になる出来事が一連の繋がりを持って到来するという事実を提起するために、ヘーゲルから借用し、次いでエンゲルスによって修正したこの《客観的偶然》という観念について常に言及してきたのである。彼はそれ故、通常の合理的な仕掛けにごまかされることによって、目がくらんだ状態に陥るリスクがあることを力説してやまなかった。この彼の分析こそが、こうした罠に嵌まることを回避できる唯一究極の彼の明晰さであり、そのことによって、仕掛けられた視界の多様性を解釈する余地が生じるのである。

そういうわけで、その日、私は政治的な次元でフランスへ導かれてきた一連の出来事の連鎖が明瞭に立ち現れてきたことに衝撃を受けたのだ。もし私がチトー主義体制から距離を置いていなかったら、もしその時、非スターリニスト左派の存在に誘引され呼び寄せられなかったら、物事の進行を決定的なかたちで転換させたこの一連の偶然が決して明らかになり得なかっただろう。あらゆる権力が強制しようとする現実に対して、その隔たりが大きければ大きいほど、内的必然性を伴いながら、この途轍もない出会いが外的必然性となる公算が大きくなる、それこそがヘーゲルの言う《客観的偶然》を構成するものであると、私は主張さえしたい。あたかもそれは、一見最も遠く距離を置いていた政治的なものが立ち現れ得るかのようだった。それればかりか、一見最も遠く距離を置いていたものが、重大な修正を迫るものになり得るかのようだった。事実、政治的傾向の強い卓越した三人の人物が、私をアンドレ・ブルトンのすぐ近くまで導く《導管》となっていたのだ。

バンジャマン・ペレを駆り立てた究極的な反逆が、革命的行動と詩的行動を決して分かつものではなかったことを思い起こすべきだろうか？この異なった二つの行動に関して言えば、彼らの抱える政治的な問題によって、私を受け入れる方法が、どのように決定されていたかを私が判断できたのは、実に彼らの死後のことだった。

アンドレ・ブルトンのすぐそばで、彼の最後の数週間を過ごすことで、私に一種の霊感がもたらされ、まず最初に思いついたのが「シュルレアリスム66」という題名だった。しかし、すぐさま、メーテルリンクが話したという《不可視の原理》★のように、一九五四年から一九六六年までの時間の深部に結びついてきたものを探求する必要性に駆られたのである。間違いなく、最初から最後まで、その間、全ての眺望を突如描き直すような、こうした偶然が多々あったのだ。しかしながら私には、それらの出来事を最も正確に報告するに当たって、ある種の啓示以上でも以下でもなく、遠回しに関与するであろうものまで判別できるように思えたのである。なぜなら、そうした感覚は、時には生きているという意識とは無関係に、実在するものから遠去かったり、近づいたりする高感度の気象学みたいなものだからだ。この十二年を通じて様々に繰り返しながら、思いがけない形で、最後までアンドレ・ブルトンのそばにいたことについて、私が自ら問いかけようとする値打ちがあると確信したのは、まさにこの気象学からだった。奇妙であるだけに、思い出すたびに、すべてが自ずから進んでいるように、ごく自然に見えるのだった。

それは四時のことだった。アンドレ・ブルトンの住まいの前にいると、彼自らがドアを開けて招き入れてくれた。私が通されたのはアトリエではなく、あらゆる物が徹底した沈黙の中で息づいているひと間だった。今日ではもうなくなってしまったが、その部屋は見る機会を得た人々にとって、いつまでも忘れられない場所だった。たとえ写真や動画撮影が存在するとしても、この林立した迫真の空間に初めて立ち入って強烈に感じた私の衝撃は、いかなる画像も表現できるものではない。小さなものから大きなものまで、ポリネシアやメラネシアの彫像、エスキモーの仮面、ホピ族の人形、遺物の数々……その周りを囲むように、数々の書物や絵画が対をなしている。互いに近接していることで、多様な響きや震えを交感し合っているかのように、少しずつ、それぞれが充電してきた力を呼び覚ますかのようだった。たとえ私が自分の周りをほとんど目にしなかったとしても、私の注意は最初にアンドレ・ブルトンに行き、私が前にする大いなる静寂の中で、いかにすべてのものが息づいているかを感知したことであろう。そしてそこにエリザがいて、彼女の視線ははるか遠くの林立する森の中心にさまよっていた。彼女はほとんど無言だ。ブルトンは私に彼女を紹介し、蠟引きされた巨大な木製テーブルの後ろの席に着くよう勧めた。そこからは、《野性的》もしくは《原始的》と言われる夥しいオブジェが、終の住処を得て鎮座しているように見えた。私は、ティラ・ダルーが所有していたイースター島の小立像の他に、ザグレブでいわゆる《本物》を全く見たことがなかっただけに、一層強烈な印象を受けたのである。

私はできるだけ早く自己紹介をしようと心配して、最近の二冊の自著のうち、詩集『ナルシス』を差し出すのが最もよいと考えていた。たとえクロアチア語で書かれた作品であっても、一九四二年にザグレブで非売品として極小本で刊行されたこの本は、ドイツ占領下の間、権力を握ったウスタシャ★の禁圧によって、《退廃的芸術》の象徴として、ほとんどすべてが即刻押収され、隠滅されたのだ。それはまさに私にとって言語に絶する出来事だった。ブルトンが私の人生について幾つかの質問をし、即座にチトー体制下のユーゴスラヴィアにおける私の苦境を見抜く機敏さを、私は鋭く感じ取っていた。シュルレアリスムが、強力な共産党のみならず、パリに流行していたサルトル一派の格好の標的となっていただけに、それはなおさらだった。

ブルトンはこの時、一九四七年に、元シュルレアリストであるマルコ・リスティッチ――私に対してパリで飢え死にするだろうと予言した人物――の態度にいかに深く失望したかを打ち明けてくれた。当時、この男はパリ駐在のチトー政権の大使であり、ブルトン陣営に対するエルザ・トリオレの中傷記事を裏切らないよう、特に用心深く振る舞っていたというのである。事実、この男は、戦時中、ファシズムに対して闘っていたユーゴスラヴィアの友チトーを、ブルトンが糾弾し続けていると非難していたのである。ブルトンは即座にリスティッチに対して一通の手紙を送りつけた。それはこの男の忠誠を確かめるため、この男が同時期にフランス共産党機関紙「ユマニテ」に送った例のブルトンへの非難原稿の写しを添えたものだった。しかし、その非難原稿はついに記事にならず、リスティッチから何の返答もなかった。明らかに、ブルトンはこの男の根底からの偽装に欺かれていたのである。彼は二度とリスティッチに再会することはなかったし、ベオグラードの元シュルレアリストたちは、次から次へと、スターリニスト、もしくはチトー主義者になっていったのである。

その時彼は、私のために用意したものがあると言った。それは青緑色の紙に二枚にわたって印字された原稿で、ブルトンがメキシコ渡航時の一九三八年に、レオン・トロツキーと共に署名したパンフレット『独立革命芸術のために』であった。私はそれをまったく見聞きしたことがなかった。すぐにそれが《あらゆる芸術の認可》を要求する重要なものであると見て取った。そしてとっさに、なぜ一九三九年頃にスターリニストたちが私のことを《トロツキスト》呼ばわりしたのかを納得した。トロツキストたちはあの数年間、非常に深刻な迫害にさらされていたのである。当時、まだユーゴスラヴィア王国の支配下にいた人々にとって、トロツキーの著作は理解し難く、彼の全貌を私が知らなかったにもかかわらず、リセの学生時代の討論で、私は芸術における自由を要求して非難の標的になっていたのだ。

五時半になって、ブルトンは外出しなければならないと私に言った。私は時間が過ぎるのを忘れていた。大変嬉しいことに、彼は二、三日後に再会しよう、それも、しばらくの間、定期的に午後の早い時間を基本に会いに来てほしいと申し出てくれた。それからは、次回の訪問までうずうずと待ち焦がれる毎日だった。それは再会に加えて、未知の世界を毎回発見する喜びだった。最も深遠な内的世界の眺望が開かれる新しい地平がない世界、そこに視線が注がれる余地はない。ある日、私がいかにぞくぞくするような衝撃を覚えたか、言うべき言葉を持たない。それはアトリエの第二の部屋に入って、いきなりサルバドール・ダリの『ウィリアム・テル』に直面した時のことだった。たとえこの絵を知っていると思ったとしても、ここで目の当たりにした最初の複製画に私はずっと魅惑されてきたのだ。もちろん、原画ですべての印象が変わるという考え方があるとはいえ、ダリの宇宙を支配する白日夢の光だけでなく、そこに私は剥き出しの静謐さに不安を与え続ける細密な生の多様性を感じたのだ。しかしその後、この作品がジョルジュ・ポンピドゥー・センター美術館の所蔵となってから、私にはその作品がかつての威力を失ったように見えるのだ。それは間違いなく、アンドレ・ブルトンのアトリエが決して一個の作品だけに留まらず、《真実の生》を強く主張する一種のマニフェストとなっており、同様にそのことによって、致死的な同時代の影響力を寄せつけることがないからである。あたかも各々のオブジェが、他の存在に新しい意味を付与しながら、その効力を弱めようとするあらゆる危険に対して、要塞を張り巡

それは再会に加えて、未知の世界を毎回発見する喜びだった。

アンドレ・ブルトンとラドヴァン・イヴシック
フォンテーヌ通り42番地のアトリエにて。1955年・冬
撮影：スペリー・レア

らせるまでに、効力を発散させているかのようだった。

　ブルトンがロートレアモンの『マルドロールの歌』初版本を手に取らせてくれた日は、殊に興奮したものだ。この比類なき冊子のページをめくると、アラゴンやエリュアールやその他幾人かの、彼らがイジドール・デュカスを発見した時代の手紙が挟み込まれていた。私がまだリセの学生だった頃、ザグレブでこのテクストの再版を買うことができたが、それは私にとって、とりわけ決定的なことだった。パリへ来る直前に、私は歌の第一章にある《私はお前に敬意を表する、古き大洋よ》という有名なくだりを翻訳していたほどだった。しかも、困難がないわけではなかったが、私はバルカン半島で最初にロートレアモンの刊行に成功したのだ。

　もしこの日、ブルトンが私に対して、次のような意表をつく質問をしたら、私はどう答えるべきかわからない。「あなたは、自国の言語で書かれた本をすべて読みましたか?」。私はたくさん読んだが、もちろんすべてではない、と答える他なかっただろう。「私たち、私たちはすべてを読もうとし、そうしたかったのだ!」と強調しながら。

　私の戯曲作品『ゴルドガーヌ王』を自分でフランス語に翻訳している最中、私は喜んで彼にそのことを伝えたものだった。フランスの滞在期間を延長するために、いくばくかの生活費を稼ぐ必要がある時以外は、私にはたっぷりと自分の時間があった。幸運にも、私はユーゴスラヴィアの販売制限をかいくぐった十冊ばかりの大っぴらなエロティック作品をいくばくかのお金で購入し、パリへ持ち運ぼうと思い立ったのだ。それはクロアチアで亡くなったフランスの一外交官旧蔵の、挿絵はないが豪華な革装本で、相続人がその場で蔵書を売り払う方がより簡単に済むと判断したものだった。ザグレブの古書店の書棚でこの宝の山を見つけた時は、嬉々としてすべての本を買い求めようと思ったくらいだ。すべての書が、念入りに選択され、頑固な趣味で吟味された、フランス刊行の珍本揃いだった。それでも私は多数の本を手に入れることができた。その中には、ユーゴスラヴィアで見かけない数冊のフロイトの著作をはじめ、まだ英国やアメリカでさえ発禁本だったD・H・ロレンスの『チャタレー夫人の恋人』の、当時ではめったにお目にかかれぬ無削除版も含まれていた。私がパリまで持ち運んで来たこれらのエロティック作品は、当時はどんな国へも持ち込めない稀覯本だった。

私とバンジャマン・ペレがすぐに友情のこもった関係になったことから、偶然、彼がこの私の企てを知ったので、私は躊躇なく彼に協力を依頼した。ところが非常に驚いたことに、彼はこのような本を私自身で決してパリに持ち運ばないよう、私のために心配し始めたのである。もし警察が私を見つけたら、多額に上る罰金を払わせられるばかりか、フランスからの即時退去も絶対免れないであろう。信じられないように思えるが、今日、このような作品、いやそれ以上に露骨で大胆な作品が、時にはペーパーバックとして、すべての書店で手に入るようになったが、それはたかだか半世紀後のことに過ぎず、状況はまったく異なっていたのだ。バンジャマン・ペレは一つの解決策を見出した。私のために厄介ごとを回避しようと、彼は自著の発行者であり、アルカンヌやテラン・ヴァーグの出版社主でもあるエリック・ロスフェルド★に、これらの本を吟味しに私の住まいに来てもらうよう提案したのである。早速、ある夜に会う約束がなされた。妻のピエレットと一緒にやって来たエリック・ロスフェルドは、必要とあらば再版できるものを探すに十分なこれら稀覯本の数々を目の当たりにして大いに喜び、これらを買いたいが、三分の一を現金で支払い、残る三分の二を自分の出版社の刊行本をプレゼントすることで決済したいと申し出た。私にとってこの申し出は嬉しい限りであり、彼の刊行本のなかで特に、ブルトン序文、グザヴィエ・フォルヌレ作品集の極美版の他、私がユーゴスラヴィアで『椅子』を翻訳し始めて紹介したことのあるイヨネスコの戯曲や、ジャン・フェリーの『レーモン・ルーセル研究』……などを選んだのである。

私の戯曲『ゴルドガーヌ王』の翻訳を終えて、ブルトンに見せることができるまで数週間を要した。彼はずっと私をアトリエに招き続けてくれていた。結局、出来上がって訪問した際、私は息詰まるような不安に駆られて、訳稿を彼に手渡した。ここ数年の間、ユーゴスラヴィアのあらゆる劇場、ラジオ局、出版社から、自分の作品が侮蔑をもって組織的に拒否されていると思ってきたわけだが、今回の賭けは全く違っていた。私にとってその賭けは、命に関わるものだった。

翌朝、私の家に電話が鳴り響いた。アンドレ・ブルトンだった。少しでも何かを愛せば、寛大さと同程度の激情をもって、熱狂的讃辞を言い表す彼のような人物は、知る限り、世界中に誰一人いやしないだろう。彼は私の戯曲、とりわけ愛のシーンについて長々と語ったあと、単刀直入に私に言った。「私たちは毎日六時に、サン・トノレ通りのカフェ《ミュッセ》で会合を持っている。よかったら、今晩、参加してほしい」と。

とっさに私は、なぜ私たちが出会うと、いつも五時半頃に切り上げられるのかが分かった。シュルレアリスム運動のある種の象徴である、日々のカフェでの会合がまだ存在し、様々な物事を強く主張するものとして、第二次世界大戦後も中止されていなかったことを私は知らなかった。この会合については、ブルトンもペレも私に話したことがなかったし、ある種のデリカシーによって、彼らに尋ねたこともなかった。

約束の時間に、パレ・ロワイヤル広場から少し離れた、ブルトンの言うカフェが簡単に見つかった。五十年以上になろうかという《ミュッセ》は、今日もなお存在しているが、カフェ内は相当改装され、現在は、大ホールに多数の小さなテーブルが詰め込まれた、観光客向けのレストラン・カフェになっている。私が初めてそこへ入った時、一番奥に、一脚の長いテーブルが、同じくらい長い鏡を背景に設えてあるのが見えた。その周りに、一ダースばかりの人々が座っている。アンドレ・ブルトンは、ホールを背に、鏡と向かい合って、中央にいる。

彼はみんなに私を紹介した。私はすでにエリザとバンジャマン・ペレを知っている。他の人々は十分に若かったが、一人だけ、周りや私より少しばかり年配で、その顔は私の注意を即座に引きつける強烈さを帯びていた。その人の名を聞くと、トワイヤン※という。私は動転した。この名前を私は、一九三九年から知っており、十八歳の時、ザグレブの図書館で驚異に満ちた『シュルレアリスム簡約辞典』を見つけ、そこに載っていたトワイヤンと署名された『眠る女』と題するタブローの白黒複写版に強烈な衝撃を受けたのだ。その発見以来十五年、その画家が男か女かも分からず、その絵を見たことも聞いたこともないままだった。この出会いは、シュルレアリストの《カフェ》での私の最初の天啓だった。しかしこの時、トワイヤンがまもなく私の最も親密な友人になる大きなきっかけであったとは想像だにできなかった。同様にこの時、私は、ジェラール・ルグラン※、ジャン・シュステル※、ジョゼ・ピエール、シャルル・フラマン、ジョルジュ・ゴルドファン、アン・セジエール、ジャン＝ルイ・ベドゥアン……などと出会ったのである。またそこには、ハンガリーからの亡命者である画家、シモン・ハンタイもいたが、彼とは少しも連絡が取れなかったし、私の思い出す限り、この一、二ヶ月後、商業的成功を収めたのが原因で、アンドレ・ブルトンの侮蔑するところとなり、シュルレアリスムとの関係を断ってしまった。

　この後、数年間、一九六九年二月まで、私は実際にほぼ毎日、この会合に足を運び続けることになる。何度もカフェを変えながら。そういうわけで、《ミュッセ》のあと、私たちはロートレアモンを記念して、彼がその短い生涯の最後に過ごしたヴィヴィエンヌ通りで、二、三のカフェを探し出した。その後、私たちの最後の会合場所となったのが、レ・アールに近い《プロムナード・ド・ウェヌス》で、これもまた以後に改装されている。

この時から、私は定期的にこの会合に通い始め、ブルトンの家に通う私の個人的な訪問は徐々に間遠になっていった。その代わり、個人的にバンジャマン・ペレとたびたび会い続け、時には彼が好きなレストランで会うこともあった。そんなある日のこと、彼はすでに病に冒されていたにもかかわらず、ジャリ全集全八巻という重い贈り物を私のために持って来てくれたのだった。それは私がジュネーヴの書店で見かけて買うことができずに非常に悔しかったと彼に語っていた書物だ。また別の日のこと、ジャニーヌのはからいで、展示スペースの不足により公開展示できないエジプトの遺品の、想像を絶する非公開収蔵品を見に行こうと、ルーブル美術館の地下室へ皆で揃って訪れたこともあった。またかなり早い時期に、私とトワイヤンは、互いの家を訪問し、ますます頻繁に会うようになっていた。およそ二十年の間、私たちが別個に生きてきたこととは関係なく、私たちはまず第一に、シュルレアリストの中でも、鉄のカーテンの背後で共産主義体制下の現実を実際に生きた体験を共有する、唯一の同志だった。もちろん、バンジャマン・ペレは、スペイン市民戦争下で活動した体験を持つし、アンドレ・ブルトンは、モスクワ体制に厳しく反

この時が、トワイヤンがまもなく私の最も親密な友人になる
大きなきっかけであった……

トワイヤン、プラハにて。1944年

対の声を上げた最初の人物だったが、新しい世代においては、断固たるアンチ・スターリニストでさえ、彼らの熱意にもかかわらず、フランス共産党の宣伝活動（プロパガンダ）に強い影響を受けており、トワイヤンや私などが来る日も来る日も迫害を蒙ってきた事実を推し測ることができなかった。

　こうした事例を一つだけ挙げておこう。一九五六年、私たちは、フランス共産党のスターリニズムと、その例示として添えられた『ヨシフ・スターリン』と題したエリュアールの詩を告発するために、『次は血塗られた制服どもの番だ』というパンフレットを起草中であった。その草稿をジャン・シュステルが書いていたのだが、その一節が私の目に飛び込んできたのだ、曰く「……資本主義体制下の人間による人間の搾取……」と。私はこの搾取がスターリン体制下においても同様に存在することに口を閉ざすわけにはいかないと指摘した。それに対してブルトンは、この一節にすぐに二つの言葉を追加するよう要求し、私の目の前で、はっきりと訂正をさせたのである。「……資本主義体制下であろうとなかろうと人間による人間の搾取……」と。私にとって重要なこの訂正に私は非常に満足したが、それでも外国人であるため、この起草に署名する資格がなかったのである。これと同様に、そのあとすぐに勃発したブダペストの蜂起の際においても、大いに悔やまれるのだが、同じ理由で、『ハンガリー、昇る太陽』というパンフレットに署名することができなかった。★

私は黄昏どきに《カフェ》に行くのが好きだ。時々、あの会合が遠い昔のアーサー王伝説の円卓に映るような印象、もしくは幻覚に捕らわれることがある。まるで物事の流れを拒否するように、昔からずっと幾人かの人々が、この世の夜に集まって、そこにいるかのようだ。おそらくアポリネールによって確立されたこの《カフェ》での慣行は、アンドレ・ブルトンによって、ほぼ半世紀の間、どうにかこうにか定着し永続してきたのだ。それにしても何たる半世紀だったことか！二度の世界大戦、アウシュヴィッツ、強制収容所、原子爆弾、冷戦、進歩を義務づけられた科学、世界財政の硬直化……そしてそのすべての真っ只中で、この《カフェ》、決して追求することをやめぬ不安定で幻影のようなこの舟は、風や潮流に抗し万難を排して、針路を保ち続けたのだ。航行を望んでいた多くの人々は、世紀の恐るべき嵐に押し流されたが、幾年もの間、そこに乗船しようと望む新参者が常に後を絶たなかった。

この《カフェ》で私を驚かせ、魅了したもの、それは様々な遊戯(ゲーム)に訴えかける自由闊達さであった。一九五八年から五九年にかけての冬のあいだ中、私たちが《アナロジーのカード★》という遊戯に非常に真剣に没頭したことを、私はいつも思い出す。これは私たちにとって重要な人物、例えば、フロイト、ボードレール、スウィフト、ユイスマンス、ロートレアモン、ジャン＝ジャック・ルソー、税関吏ルソー、ワトー……などといったある特定の人物の、アナロジックなポートレートを形作ることに関わるものだった。

基礎となるルールは簡単だ。身分証明書の見本から出発し、それに相当するアナロジーを確定するのである。例えば、当該人物の古い写真、もしくは家の中にあるその人物のタブローを探し出して、その人物に相応すると思われる動物を選んで置き換える、あるいは、個別の特徴として想定される性的な嗜好を発見するなど、それぞれの人物に対して、十八項目の特徴を定めていくのである。それぞれの特徴は、各々のプレーヤーの側から匿名で提案される。これら提案された特徴は、私たちが票決する前に、次々と議論される。たった一つの論点で議論が徹宵続けられることもある。間違いなく、この遊戯は、当初から、論理的正確さではなく、こうした厳しい検証を伴ったアナロジーの的確さを求めるものだった。これは詩に最も近くに到達する斬新な方法なのだ。

この他、私にとって強烈に思い出されるのは、「エロス」をテーマにした一九五九年開催のシュルレアリスム国際展の準備であった。それは『エロティスム簡略辞典』★の大量に上る共同編纂だった。しかも、それぞれの見出し語――オブジェ、実践、観念、感覚、感情、作品、英雄、人物、作家……――などが採択される前に、緻密な議論を経て検証され、批評され、続いて修正されるのである。そしてそれぞれの見出し語に対して、不明瞭なままだった数々の問題が、新たな光に照らされて明るみとなり、そのことを経て展示の大きな方向性が明らかとなるのだった。こうした事情で「錯乱」、「戦慄」、「秘密」、「儀式」……といった見出し語が掲載されたのである。

興味深いことに、この示威行動の数ヶ月前、《カフェ》の会合が二人の並外れた存在によって、より充実したものとなっていた。その二人とは、ミミ・パラン※とジャン・ブノワ※、いずれもカナダ出身だった。彼らは私と同じ年頃で、出会った当初から私たちの間に大きな共感が生まれていた。出会ってからすぐ、ごく当然のように、ジャン・ブノワは夜会パーティに音響装置を設けるよう私に頼んだ。それは彼が長年練りに練って計画していたことであり、この国際展に先立つ機会に実現しようと申し出ていた企画だった。そしてそれは、彼の記念すべき「サド侯爵の遺言執行式」というパフォーマンスとなったのである。これはジャーナリストや写真家たちを締め出し、一部の招待客だけに公開したものであり、シュルレアリストに加えて、多少なりともサドに興味を持つ、ジャン＝ジャック・ポーヴェール、アンドレ・ピエール・ド・マンディアルグ、ロジェ・ブラン、ロベルト・マッタ、ボナ、ジュリアン・グラック、ルネ・アロー……などといった面々も来訪していたのだった。さらに私はまた、この音響効果*を他の会場でも実現させるため、まず何よりも、どのようにして噴火する火山の音に似せようかと話し合っていたのだが、そうしていると、ブルトンが来たる国際展では会場全体に音響効果をもたらすよう私に頼んだ。彼は、公衆の面前では決して聞こえない愛のため息が、最善の解決策になり得るのではないかと私に伝えたのだ。そんなわけで、初めて会場に来訪した英国のジャーナリストの言い回しによると、「壁という壁がパリにため息をついている」*というふうになったのである。

*この「サド侯爵の遺言執行式」は、ジョイス・マンスールのアパルトマンで、一九五九年十二月二日、二十二時から、音響テープの再生とともに挙行された。このパフォーマンスは、《街路の騒音を耐え難いほど増幅させて作られた音響を、拡声器で最大出力させて再生しながら、「ある日、エトナ山を眺め回すと、胸元から炎が吐き出されている。私はこのような名高い火山のようでありたい」というサドの言葉にエコーを効かせ、ジャン・ブノワのセンセーショナルな登場までの数分間、次第に激しく最高潮に達するまで続けられるのだった。それから場内は静まりかえり、観衆は、アンドレ・ブルトンが読み上げるサドの遺言文を聞くことになる。その後、ジャン＝ルネ・マジョーがジャン・ブノワの覚書を読み始め、その間、ミミ・パランがブノワのコスチュームの一片、一片を剥ぎ取っていき、最後にブノワは、自分の胸に赤く熱した鉄をじかに押し当て、サドの名を刻み込むのだった》。「マルキ・ド・サドの大小の演劇」展（一九八九年）のカタログ所収、ラドヴァン・イヴシック文『演劇の不可逆性』より。この文は二〇〇六年、ガリマール社刊『カスケード』一八九ページに再録されている。

*ラドヴァン・イヴシックは、テート・ギャラリーで開催された「解き放たれた欲望」展（二〇〇〇年）のカタログで、この音響効果による衝撃について、こう記している。《不思議なことに、誰もが、そこら中から辛うじて聞こえてくるため息の音に、大いに当惑し、もっとよく聞こうと押し黙って耳を澄ますのだった。このような音は、公共の場で、ついぞ聞いたためしのないものだった。この展覧会の期間を通じて、最も深い沈黙が、観客でひしめき合っている時でさえ、場内全体を覆っていたのだ》。この文は、二〇一三年、ポンピドゥー・センター＝ガリマール社刊『シュルレアリストのオブジェ辞典』二五〇〜二五一ページに再録されている。

しかしながら、そのすぐあと、《カフェ》の活動の大部分は、数ヶ月の間、「百二十一人のマニフェスト」という名でよく知られる「アルジェリア戦争における不服従の権利に関する宣言」を起草することに占められた。私は会合や準備のほとんどに参加していたのだが、またもや外国人として、連署する資格を持たなかったのである。この一九六〇年のあいだ中、フランスはアルジェリア戦争の真只中で揺れ動いていた。極右勢力が権力を握る危険があったのだ。十一月頃になると、差し迫って逮捕の可能性があり、即座に粛清する対象となる知識人や重要人物のリストについて、まことしやかに噂され始めたのである。「百二十一人のマニフェスト」の主要署名人の一人として、ブルトンは、このブラックリストの筆頭に名前が挙げられていることから、一層用心深く、フォンテーヌ通り四十二番地の彼のアトリエから離れるよう忠告されたのである。最も危険が迫っている人々は皆、居場所を変えることを決断した。ブルトンが私の家でかくまってほしいと頼んだ時、私の驚きはいかばかりであったろう。私はここ数年ごく狭い屋根裏部屋に住んでいたが、カルチエ・ラタンのギャランド通り四十二番地の新居に引っ越して間もなかったのだ。事実、私はホアン・ミロのリトグラフ一点を挿絵にして詩集『マヴェナ』を刊行する少し前に、ミロの気前の良さのおかげで、そっくり彼のリトグラフの本刷りをプレゼントされたばかりか、ついには正真正銘のアパルトマン、それも中世の一軒家の中の部屋を借りることができたのである。それは二室あり、その一室は非常に広く、一切支柱を使わずに七メートル半もの巨大なオーク材の梁を通した、ほぼ正方形の部屋だった。ブルトンは、そこで時おり開き始めていたシュルレアリストの会合に何度か訪れていて、この場所を知っているのだった。

大急ぎで、私はアンドレ、そしてエリザと彼女のオウム、ロリットを最高の避難所として提供しようと、すばやく準備にとりかかった。幸いにも、その大きな部屋は提供可能だった。引っ越したばかりだったので、アパルトマンにはほとんど家具を置いていなかったが、ブルトンにとって大切なのは、人からより良い隠れ場所だと想像されないことにあるわけだ。なぜ彼は私の家を選ぼうと思いついたのか？　次のことはまったく冗談で言うわけではない。つまり、私が隠れ家を探しにやって来たこの国で、無名の外国人という私の立場が不安定であるからこそ、私の方が、著名な市民の一人に隠れ家を提供できる立場にあるというわけだ。まったくもって、逆さまに狂った世の中だ。

陰鬱で悲劇的な雰囲気がフランスを覆っていた。にもかかわらず、エリザとアンドレが我が家で暮らす日々は、何かしら魅惑的だった。ブルトンの家に初めて訪問した一九五四年以来、私はほぼ毎日のように《カフェ》で彼に会っていたが、すでに言ったように、二人きり差し向かいで会うのは極めて稀れだった。今回はそれとは違い、私たちはとりとめのない会話をしているのだ。私たちは毎日のように六時頃にカフェに向かって外出し、そして一緒に帰って来るのだった。たいていの場合、私はシュルレアリストの友人たち、もちろんトワイヤンのみならず、ジャン・ブノワやミミ・パラン、あるいはジョイス・マンスール※……などに夕食を誘い、私たちは帰り道を共にするのだった。

　私にとってはまた、ブルトンが、必要とあらば、自分の愛する数々の詩を共に分かち合って大いに楽しむことを、発見する機会があった。彼のように、詩を誰かに読み聞かせることなど、私は一切できなかった。彼は夥しい数にのぼる詩を暗記しており、何時間も諳んじることができたのだ。そうした日々のある時、彼はさらに私に打ち明けた。詩をやたら放縦に声に出してみても、決してその詩を感じられはしない、詩の世界に間違いなくいる時にこそ、その詩の要素をより正確に聞き取ることができるのだと。私は驚嘆すると同時に、詩が決して止むことのないその場に回帰して立ち現れるという本然の姿に感動を覚えた。もはや《真実の生》は他所にはない、そのすべてが確固としてそこに差し伸べられるのである。彼がある詩を説き明かすと、かつて解釈がなされたテクストのいかなる説明よりも、その詩がより明るみとなるのだ。夕食後のある夜、彼は読み聞かせを始めようとする。本がそばに置かれ、より正確に、彼はほぼすべてを暗記しているテクストを見つけ、単に確認するためだけに本を開ける。そして朗読が始まる。それはいつまでも私の記憶に残り続ける傑作の滝だった。ジェルマン・ヌーヴォー『死にゆく者』、ギョーム・アポリネール『愛されない者の歌』、ヴィクトル・ユゴー『眠りこけた酔っ払い』、シャルル・クロス『天職』、トリスタン・コルビエール『ロンデル』、バンジャマン・ペレ『原っぱの蚤』と『君がほしい』、フィリップ・スーポー『ジョージア』、さらに、フランシス・ジャム、ピエール・ルイス、ジェラール・ド・ネルヴァル、アルチュール・ランボー、フランソワ＝ルネ・ド・シャトーブリアン、アンリ・J・M・ルヴェ……などが続けられた。

夕食後に二、三度はあったろうか、彼はその他の詩人も読み聞かせてくれた。ある夜、ボードレールの『人殺しの酒』『旅』『宝玉』を読んだあと、彼は一人ごちるように叫んだ、「ボードレールはこれらの詩で決してとらえられない。彼は決してそんなものじゃない！」

十日後、知識人を最も脅かしていた危機が弱まった。アンドレとエリザは、危険もなく自宅へ帰ることができた。

数か月後――すでに一九六一年になっていたが――シュルレアリスムの新しい機関誌『ブレッシュ』を発刊することが決定された。創刊号で、私たちは共同執筆者の想像上の自画像シリーズを載せる計画を立てた。各々が子供の時、大人になった自分の姿をどのように想像したかを思い出して紹介するのである。実行に当たって、ミミ・パランと私自身が写真の分野でその役割を課せられた。ブルトンは、森の中の馬上の騎士という理想像を思い出していた。私はその理想像を、甲冑の美術館で撮られた武具一式の写真に、料理器具の卸売商の店で撮られたと思われる写真を合成した画像で表現しようとした。そして全体が薄暗い反射光を浴び、数々の金属製の形状の集積がいかにも森を想起させるように見せかけた。ブルトンは、このコラージュに、はっきりと次のようなタイトルを思いついたのである、「モンターニュ・ノワール（黒い山）★……侯爵」と。私はこれと同様の注意を払って、ロベール・ブナイユン自らが想像した自画像を、「誕生の選択」と題して具象化することに取り組んだ。

　私は、サルバドール・ダリの言う《具象的な非現実性》を何らかの方法で視覚化させる、こうした画像を生み出す本当の喜びを覚えた。それは昔、ブルトンが熱心に取り組んだ夢のオブジェの制作とさほど隔たりがないものだった。

　それ故、ミミ・パランの「理性の年頃」と題する様々な事象が複合した自画像を、何ら不可思議とは思わなかった。いくつかの工程を経て最終的なモンタージュにたどり着く必要があるのだが、まず最初に、私たちは、少女のような衣服を着たミミを背後から撮影した。私が焦点を合わせてフラッシュ撮影している間、ミミは子供の頃に稲妻に照らされた恐怖でパニックになったことを長々としゃべるのだった。私たちはそれから起こる思いがけない出来事を想像すらできなかった。というのも、その後、近所の現像所でそのネガを現像したら、ミミが稲妻に上から下へ貫かれたように写っていたのだ。おそらく人は、静電気がフィルムに巻きついていたのが原因だと言うだろう。しかし、とにかくこれと同じような現象は、この時以外に決して私に起こったためしはなかったのだ。しかもいかにそれが驚くべきことであったにせよ、これが最後ではなかっ

ブルトンは、このコラージュに、はっきりと次のようなタイトルを思いついたのである、「モンターニュ・ノワール……侯爵」と。

ブルトンの想像上の自画像
『ブレッシュ』創刊号掲載、フォトモンタージュ：ラドヴァン・イヴシックた。写真を裏返してみると、ブルトンはそこに稲妻を象ったあざみのような図柄を目にしたのだ。かつて彼は、ニューヨークのシュルレアリスム国際展のカタログで、ミミ・パランを紹介するため、その半年早い時期にこう書いていたのだ、「ミミのあざみの瞳のなかで真夜中のアルミードの庭が輝く」と。

この二重の客観的偶然を前にして、ブルトンは『ブレッシュ』[*]誌に記事を書くよう私に依頼した。できるだけ子細に、私は「暗い部屋の中の雷雨」と題した記事でいきさつのすべてを詳しく記した。同時に、視界の中で思いがけない多くの物事が密接に絡み合い、それがまったく異なった地平に開かれて、互いに交錯して重なり合っているさまを報告した。現像された写真こそが証拠だった。いかなる疑いもない。このことは、まったくの偶然による迅速な適確性と美の表徴であり、計画していたコラージュの代わりに発表する必要があるものだった。あたかも、これらの偶然を通じて、新たに、私たち各々の無意識によって、繰り返し記憶に蘇る至高のものが再び立ち現れたかのようだった。

*『ブレッシュ』誌創刊号所収の「暗い部屋の中の雷雨」は、先述の『カスケード』二九ページに再録されている。

引き続く数年間、私はほぼ毎晩《カフェ》に通い続けた。偶発的事象が絶えず起こり得る稀有な場の一つとして、そこに足を運んでいた。それらの場は不十分ではあったが、シュルレアリストの機関誌は、沈みゆく時代に対する最新の自由な討論の中からも存続し続けてきた。新参者に事欠くことはなかったのである。しかし私は、彼らの視線がそれほど遠くに注がれていないような印象を抱いていた。新たな原子力とその拒否を含む二つしかない視点が、あらゆる種類の誤解と歪曲をもたらすしかないのに、それ以前の問題として、科学技術が勝利を収めたこの世界が、収容所ではないにしても、全体主義にいかに取り込まれていくかという視点がおそらく欠如していたのだ。

ブルトンが、型にはまった合意を避けるべく、その最も些細に感じられる兆候を探す必要に迫られているように私に見えたのは、そうした理由からだったのか？　何か問題が提起されると、ブルトンの方が、不安げに注意を払っているように感じたのだ。そういうわけで私は、コンブロヴィッチの『コスモス』★の読解に当たって、彼が大いに困惑したのを見ても驚きはしなかった。その小説は、兆候の連鎖が致死的であるとしか感じられないものだったからだ。

いずれにせよ、私にとって一九六四年から六五年は不幸な時期だった。世界が凍りついたように感じられたのだ。幸い、トワイヤンとはこれまで以上に親しく行き来していたし、真に語り合える唯一の存在だった。すでにバンジャマン・ペレが亡くなって数年になり、おそらく健康上の理由で、ブルトンはたびたび《カフェ》に顔を出さなかった。しかし、それにもかかわらず、彼は一九六五年、パリで最後のシュルレアリスム国際展《絶対の逸脱》を企画したのだった。

一九六六年になると、彼は、レ・アール地区の私たちの会合の場所である《プロムナード・ド・ウェヌス》にごく稀れにしか顔を出さなくなった。ましてや会合の外で彼を見かけることはほとんどなかった。その代わり、以前と変わらず、時々午後にエリザが私の家に立ち寄り、六時になると、共に《カフェ》に向かうこともあった。

私はといえば、調子が良くなかった。三月頃に疲労と抑鬱で肺炎にかかったのだ。何一つうまくいかなかった。ただ、トワイヤンが時々訪ねてくれること、そしてこの時期、アニー・ル・ブランと会い始めていたことなど、事あるごとに私の幸運は案外、早くやって来た。アニーは、《カフェ》の会合にブルトンがいない時は、会合が退屈で、帰りたくなると私に言っていたのだが、それ以来、私はたびたび彼女を特別な目で見るようになっていた。

とはいえ六月末頃になると、ブルトンは少しずつ頻繁に顔を出すようになった。彼は、フェルディナン・アルキエ※とモーリス・ド・ガンディラックが、スリジー＝ラ＝サル★で、シュルレアリスムに捧げるシンポジウムを企画していると私たちに知らせ、ついては、私たちの幾人かにそれぞれ異なったテーマで発言するよう頼んできたのである。それから数日後、開催間近になって、ブルトンは、アニー・ル・ブランに黒いユーモアについて発言してほしいと提案してきたのだ。

アニーは極めて短い時間で発言を書きまとめたが、不安になってその内容を彼に知らせた。するとその夜、ブルトンが電話で私を呼び出し、アニーの電話番号を尋ねてきたのだ。私はすでに彼の熱情の力について言及したが、あとでアニーの言うところによると、彼は驚愕して電話をかけてきたそうだ。というのも、彼は何度も、彼女が自分の代弁をしてくれていると繰り返し賛嘆したという。

毎年の夏をサン＝シル＝ラポピー★で過ごすため、パリを後にする直前に、彼は最後に《カフェ》にやって来た。そして体調がすぐれないので、自分が招待する以外は、会いに来ないでほしいと告げた。会合の後、彼は特別に私の方に来て言った、スリジー＝ラ＝サルで、詩についてアラン・ジュフロワ※に発言をさせるという選択を、君が同意していないことは十分わかっていたが、残念ながら、そうする以外、いかなる解決策もなかったのだと。「それでもやはり、ジェラール・ルグランに交代させることはできないのだ！★」。私は茫然とした、というのも、ジェラール・ルグランこそは、彼が持つ最も篤く信頼できる知識人の一人なのだから。たとえブルトンが天性の情熱家であるにせよ、彼は親しい友人に関して、時には矛盾する意見を述べることがあった。いずれにせよ、ブルトンの生涯の最後の数ヶ月を通じて、時折あれこれと、このように観点が変わることが、特に頻繁に表れ出たように思える。そういうわけで、私は熟慮の末、このことが心理の奥底で演じられた表面上の波乱として報告すべきだと思えたのである。

立ち去る間際、ブルトンはこう付け加えた、もちろん君は、好きな時にサン＝シル＝ラポピーに来ていいんだよと。

一九六六年七月の初め、私はパリのからからの暑さに打ちひしがれていた。月末の数日を、ブルターニュの海岸沿いにある友人の家で過ごす計画を立てた。八月の初めにブルトンに合流しに行く前に、レンヌ出身のアニー・ル・ブランが、その途次に逗留してはどうかと申し出てくれたのだ。

しかし私はなおもパリを去らなかった。すべてが変わったのだ。トワイヤンがサン＝シル＝ラポピーに出発する前の七月二十日、彼女は墨で描いた、まばゆいばかりのデッサン十二点の連作を私に差し出して、それぞれの作品に詩を書いてほしいと頼んできたのである。この出来事で、私の先行きの見通しが急に光を発し、ここ数年の鬱病が発症して以来、私を圧迫していた漠然たる重苦しさがすぐに消え失せたのだ。私は早く書き始めたくてたまらずに、この貴重なデッサンをブルターニュに持ち運んだ。そして予定通り、レンヌのアニー・ル・ブランの家で休息し、当然のことながら、彼女にトワイヤンの夢のように奇跡的な作品を見せたのである。そう、そこからすべてが始動したのだ。原稿をより早く書き上げなければならない。私は予定より早くパリへ戻ったばかりか、サン＝シル＝ラポピーへの出発を二、三週間遅らせた。なぜなら、十二作の詩を完全に仕上げてトワイヤンに見せたいからであり、そしてもし彼女がその詩を喜んで受け取るなら、おそらくブルトンもそうだろうと思ったからだ。

原稿は八月二十四日に書き上げ、題名を『塔のなかの井戸』[*★]とした。そして八月二十七日に夜汽車に乗り、翌朝、サン＝シル＝ラポピーにたどり着いた。このような遅い来訪を少々咎められはしたが、この時から新たに、予想だにせぬアンドレ・ブルトンとの蜜月が始まるのである。

＊トワイヤンのデッサンを付して、一九六七年、エディション・シュルレアリストから刊行され、テクストは二〇〇四年、ガリマール社刊『詩篇集』に再録された。

サン＝シル＝ラポピーに到着すると、村の頂上にあるたった一軒のホテルのテラスで朝食を摂った。そこで私は、ジャンとユゲット・シュステル、そしてジョゼ・ピエール夫妻を見かけて驚いた。彼らは二、三日ほど滞在しに来たという。シュステルはとても興奮していて、すぐにミシェル・フーコーの最新刊『言葉と物』への賞讃の演説をぶち上げ始めた。彼は、このエッセイが、歴史を考察する方法を根本的に変革している点に新味があるとして、その重要性を私たちに納得させたがっていた。私は仰天した。なぜなら、私が理解するところによると、フーコーが引き合いに出している《知の考古学》とは、歴史に関するヘーゲルの概念に反対して位置づけられたものであり、この期に及んでもシュステルはそのことを何ら問題視していなかったからだ。それどころか、ブルトンが一九四二年にフーリエを再読して影響を受けたことから、ちょうど数ヶ月前、私は場合によっては起こり得るヘーゲルとの隔たりについて考えていたところ、シュステルはブルトンのヘーゲルに対する変わらぬ忠誠を理由に出し、両者は思想を分かち合っているとして、私と意見を異にしたのである。ところが今日、彼のフーコーへの情熱たるや、この著作の決定的な新しさを認めないシュルレアリストは、我々の間では邪魔者だと言わんばかりだった。

私は、つい数週間前、この問題の傑作について、いささか批判的に語っていたアニー・ル・ブランのことを思い出していた。シュステルの説明は、語る対象より演説そのものを優先するかのように、文字通り、勝ち誇った調子で移り変わっていく。まるで留まるところを知らない。私は三年前に、レーモン・ルーセルに関するフーコーのエッセイを読んで、ほとんど信用できなかったのだが、当の本を読んでいなかったので、異議を差し挟もうとしても無駄に思えた。

私は一刻も早く、ブルトンとエリザに出会いたかったので、マダム・ジュリアの小さなレストランの庭へ向かった。そこは手ごろな値段で、シュルレアリストたちが昼食時や夕刻に大きなテーブルを囲んで集まるのが通例だった。マリニエという古い宿屋である彼の住まいから、それほど遠くはないが、ブルトンはエリザと連れ立って、真昼のうだる暑さに少々息切れしながらやって来たのだ。にもかかわらず、二人は普段より心のこもった親しみを表してくれた。トワイヤンは、朝にロット川で沐浴したあと、間もなく現れた。続いてミミ・パランとジャン・ブノワが現れたが、彼らはサン＝シル＝ラポピーで数週間を過ごした後だったので帰り支度をしていた。昼食後、私は『塔のなかの井戸』の原稿をトワイヤンにそっと手渡した。彼女は、他に人がいない時に極めて重要なことを私に伝えたいとささやいた。しかし私たちはその夜、十時まで会合を続けることになるのだ。

というのも、ここサン＝シル＝ラポピーでも同様に、シュルレアリストたちは、毎日午後の遅い時間に会合を持つのが慣例となっていたからだ。しかしその夜は、やや少人数だったので、ブルトンは、村の頂上のカフェへ上っていく代わりに、自宅に私たちを招いてくれた。

皆が到着するとすぐに、ジャン・シュステルは発言を始めた。それも数時間前に私に説明したこと、いわゆる自分の観点から見たフーコーの最新刊の驚くべき斬新さを、さらに詳細に、これまでになく興奮して、ここぞとばかりに説明していた。一旦説明が終わると、ブルトンはしばし沈黙してから、極めて穏やかに彼に尋ねた。「なるほど、しかし我々にとってこの本は何をもたらしてくれるというのかね?」。ブルトンの冷静さに、ジャン・シュステルは完全に狼狽し、返す言葉もなかった。他の話題にそのまま移る前に、ブルトンは、この種の学者然とした論文体系が自分にもたらす退屈さについて指摘する機会を逃さなかった。フーコー教授よ、永遠に立ち去れ、『言葉と物』なる本よ、永遠に去れ。

会合の終わりに、ブルトンは、夕食の後、九時頃に皆で自分の家に再び集まらないかと提案した。というのも、翌日、翌々日と訪問客のほとんどがサン＝シル＝ラポピーを後にするからだ。慣例の白いラム酒で乾杯したあと、一時間で私たちは別れることになる。いずれにせよ、私たちは皆、数日後にはパリで再会するだろう。

結局、夜になって、私はただ一人で、ブルトンの家の階下の小さなスペースにいるトワイヤンに会いに行った。その時、私は直ちに事の重大さを悟った。彼女はすっかり怯えきって、ささやき声でこう私に伝えたのだ。ブルトンが彼女に打ち明けて言うには、自分の体調がまったく思わしくなく、もう長くはないだろうと。彼はこのことを人に知られたくないし、とりわけエリザには何も知らせたくないと強く望んでいるという。この確固たる理由で、彼の外見や振舞いに何ら変化がないように見え、誰一人、それを疑う者はいなかった。

これだけ困惑したトワイヤンを、私はかつて見たことがなかった。今にも突風が吹き荒れるような夜、もしくは闇が、何かしら私たちを不安にさせた。唸り声を上げげた、かなりの強風が、枝々を揺り動かし、引きも切らぬ暗雲の群れを激しく吹き散らしては、時々、月が見え隠れしている。この闇の中で、月の青白い光が時々引き裂かれ、サン＝シル＝ラポピーが不吉な様相を帯びている。そんなに遠くない所から梟の叫びが聞こえると、トワイヤンが言う。その叫びは、灯りがすべて消えたブルトンの家の方に谺（こだま）している。彼女はつぶやいた、「今、アンドレの頭の中で何が起こっているのだろう？何か常軌を逸したことが起こっているかもしれない。それにエリザには何も知らせていないし」。

それから私たちは、夜の長い散歩をしに、村のやや高地にある石灰質高原へ登った。この不吉

会合の終わりに、ブルトンは、夕食の後、九時頃に
皆で自分の家に集まらないかと提案した。

サン＝シル＝ラポピーの家の壁
1966年9月撮影：ラドヴァン・イヴシック

な前兆の夜、少なくとも良い知らせがあった。というのは、トワイヤンが午後に『塔のなかの井戸』を読むことができたというのだ。彼女は、この詩文をそのまま十二作の自分のデッサンに添えてほしいと私に言った。サン＝シル＝ラポピーに着いたら、ブルトンに原稿を見せるつもりだったが、彼女の言葉を聞いたあと、私は見せない方がよいと思うようになった。これに反してトワイヤンは、これが彼の気分転換になり得ると考えた。最終的に私たちは、少し時期を待とうということに落着した。

八月三十日、マダム・ジュリアの小さなレストランは、ほぼすっかり空っぽだった。アンドレとエリザの周りには、三人しか残っていなかった。トワイヤンと私、そして当時私の伴侶だったマリアンヌだけだった。しかし伴侶とはいえ、私たちの関係はすでに冷め切っており、まもなく私は決定的に別れるつもりだった。軽い感染症が原因で具合が悪く、ほとんど常に、彼女は自室から出ようとはしなかった。

私は一週間ほどサン＝シル＝ラポピーに留まる予定だった。というのもブルトンが毎年のように、その時期あたりにパリへ戻るからであった。その上私は、帰途にトワイヤンと共に直接ディエップへ出発することを計画していて、そこで数日間をアニー・ル・ブランと合流できるのを期待していたのだ。しかしすべては違う方へ向かった。誰もが出立してしまった後の八月三十一日、ブルトンは、ジュリアのレストランでの昼食を皮切りに、そのあと六時から七時半までを自宅、もしくは村の頂上にあるカフェ、そして最後は夕食後、十時頃まで自宅、ということで、毎日、会おうではないかと提案したのだ。

かすかな呼吸困難にもかかわらず、彼はむしろ元気に見え、それどころか、パリに帰ればすぐに、スキャンダルになっているジャン・ジュネの『屏風』の初日興行★を見に行きたいと言うのだった。この状況下で、今、私が『塔のなかの井戸』を彼に見せたらよいとトワイヤンは忠告してくれた。いずれにせよ、残された時間はあと少し、私たちは皆、ほとんどあと一週間足らずで出発してしまうのだ。それゆえ、私は原稿を彼に手渡した。彼が何と言うのか、彼の感想を知りたくて待ち切れない思いだった。しかしそんなに長く待つことはなかった。その夜、彼は明朝十一時頃に家に来てほしいと言った。

彼の応対は特に熱意のこもったものだった。私の詩文を素晴らしく思うと言ったあと、彼はずっと昔に、ポール・ヴァレリーが彼に語ったという談話のほぼ一言一句を繰り返し物語ってくれた。彼は長いこと、詩を語る時とまったく同じ情熱を持って、熱烈に語り続ける。彼にとって明らかに重要だと確信することを何とか私に伝えようとする、その熱い思いに私は心を打たれた。彼は続ける、フランス語という言語は、途方もなく素晴らしい道具であり、詩人たちの各世代に完璧に受け継がれてきたと。そしてこの道具を、どんな代価を払ってでも守らなければならないし、どうあっても毀損しないよう、特に油断なく気を配らなければならないと。

そういうわけで、彼はあえて、詩文の三箇所を修正するよう提案してくれた。その箇所とは、《il realisa que...》（理解する）を《il s'avisa que...》（気づく）に、また《la succube》（女淫夢魔）を《le succube》—［男性冠詞］—に置き換えることであり、後者については、たとえ私がわざと女性冠詞を用いたと強調しても同様の修正が入ったであろう。そして最後の三つ目の修正は、彼自身のことを表現した一節だった。何の解釈も要らないことだが、彼は《fauve imprenable》（奪取できない野獣）の一節を《fauve hors de prise》（捕獲を免れた野獣）に置き換えるよう助言してくれた。なぜなら、《imprenable》という言葉は、都市や城塞に使われこそすれ、動物には一切使われないからだ。それは次のくだりである。「それからすぐ近くに、黒曜石のような集まりの中に、ジャングルの中に、調教師を死に至らしめる生の足跡の上にも存在していたのです。捕獲を免れた唯一の光り輝く野獣、その姿は時々或る人物像と融け合うのです、そう、私はアンドレ・ブルトンのことを言っているのです……」。

彼は『塔のなかの井戸』を私に返さず、なおも読み返したいと言った。原稿は数日間、彼のテーブルの中央に置かれていたが、彼はもはや原稿について私に語らなかった。ただ、この日から、彼は私に対してさらに友情を深めてくれたように思う。

私が立ち去る間際、彼は、体調がまったく思わしくないこと、しかしそのことを、エリザにだけは話さないよう、私に打ち明けてくれた。

私はたびたびアニー・ル・ブランに電話をし、手紙を書いた。九月三日、私はトワイヤンと共に、サン＝シルから約二十キロ離れたカオールまで遠出した。彼女が特別に愛するカフェ・チヴォリで座っていると、私たちはディエップに行こうという自分たちの計画を思い出し、今月の六日に出発しようと決めた。ところが、その翌日か翌々日、昼食の時にブルトンは、サン＝シル＝ラポピーに留まるつもりだと告げ、さらに冗談かどうか誰もが真意を測りかねたが、続けてこう言うのだった。敵しかいないパリから全てを引き払う必要があるし、二度とパリには戻らないつもりだと。

「でもやはり帰らなければ彼らは悲しむでしょう」と、エリザは冗談交じりに彼に言ったが、「——とんでもない！　彼らは大喜びだろうさ」とアンドレは結論づけた。

それゆえに、トワイヤンと私は、九月六日に出発する計画を直ちに断念した。私たちがブルトンと共に留まらなければならないのは明らかだった。

その時アンドレは、疲れを見せながらも、私たち少人数の会合、つまり六時からの村の頂上のカフェでの会合、もしくは九時からの彼の家での会合のために、毎日、会話や討論のテーマを考えておいてほしいと私に頼んだ。そしてこう付け加えた、「しかしまだバカンスの最中だから、あまり重いテーマでなくても構わない」と。

例えば、その初日、私はちょうど読んでいたベティ・フリーダン★の『女らしさの神話』の最新翻訳書を話題にすることを提案し、フロイトが婚約者に書いた手紙を引用したページを選んだ。ブルトンは、このフェミニストが、フロイトの数々の魅力的な書簡類に相反する箇所をわざわざ見つけ出すという、偏狭で時代錯誤の視点を評価しなかった。ともかくも、女性の問題は、当時、非常に彼が憂慮していたことだったし、何度も問題として蒸し返していたことだった。数ヶ月前に、彼は繰り返し主張はしなかったが、大多数のシュルレアリストの意見に反して、一九六五年の最後のシュルレアリスム国際展にその問題をテーマとして取り扱おうと望んだ★ことを私は覚えている。この日以降、日々交わされる様々な話題は、あたかも女性のみならず恋愛関係においても変化しつつある現状を見定めようとするかのように、この問題に立ち帰っていくのだった。そしてまた彼は、女性それぞれが持つ特異な個性が薄められていき、なおかつ、それによって読み取れる、女性本来の可能性が阻害されている傾向がますます顕著になることを嘆くと、実際に既製服に象徴された新たな産業労働による規格化は言うまでもなく、エロティックなものの平準化が行われている現状を指摘するのだった。いずれにせよ、私たちが手をつけているテーマの背景に対して、彼は欲望について熟考を重ねているように思われた。すでに三十年前に『白髪の拳銃』の自序で彼は欲望について触れており、「非常に暗い、さもなくば私自らが暗くさせたような長い回廊を持つ」他人の屋敷の中、「庭の周りの壁に囲まれた敷地内で、愛の行為を成し遂げることは、誰であれ厳重に禁じられており、違反すれば即座にかつ決定的に追放処分を喰らうだろうし、その屋敷は標的になり得るあらゆる挑発行為に及ぶ場所になるかもしれないが、なおかつ固く禁じられることだろう」と言及している。なぜなら、性の世界を覆ってきた偏見によって、なおも因習からの新たな解放がもたらされないとすれば、会話の途中で彼が引き合いに出した次のような一言が、なおさら彼の胸中を意味深長に物語っているからだ。

「私たちが最も強く愛し合っている時、それは欲望が果たされない時である」。

九月の初め、私は、最も高度な段階のユートピアを革命に持ち出している、オランダのプロボ★(反体制過激派)についても、彼に話したことを思い出す。すると彼はすぐさま、プロボについての情報をくれるよう私に頼んだ。注目に値する事柄に常に注意を払う、そのことが、彼により多くの様々なテーマをもたらしているのだった。

それに続く日々、天候が素晴らしく、それがトワイヤンや私に、出発できない悩ましさを一層耐え難いものにした。にもかかわらず、ブルトンは、普段からの呼吸の問題を別にすれば、元気そうに見えた。同様に、カオールから来た医者が帰って行ったあと、エリザはすっかり安心した様子だった。しかし事の詳細を知ることは不可能だった。たまたま、私はブルトンの家に接した隣人で、昔から知っているバデー医師に出会った。アンドレを診ているのは彼ではないが、それでも医者だから、私は不安を表に出さずに、村で時々すれ違うアンドレを見てどのように思うか尋ねてみた。彼の返答は、何ら心配のないものだった。最初に見た時、アンドレは少し息切れしていたが、その後もいつも同じままだと。だがこの返答は少しも安心できるものではなかった。私としては、先日ブルトンがたまたま口にしたコメントが引っかかって仕方がなかった。彼にとって危険を防ぐ基本要素、それを彼は分かっているのだが、それこそは空気であり、水であった。彼が明らかにするには、自分の手相を確認すると、残念ながら気腫を患っているようだと言うのだ。

九月七日、続く八日、九日と、ブルトンにそそのかされて、私たち少人数での会合の間、数年前に彼が考案したゲームを楽しんだ。このゲームは、名称もなく、シュルレアリストのゲーム一覧にも決して載っていないものだった。めったに実施されず、私としても一九六四年の夏、ちょうどサン＝シルに滞在中に一度だけしたことがあった。これは、ものを言わずに黙々と進めていくゲームだ。各々の参加者は、鉛筆一本と空白の紙一枚を用意する。そしてゲームのあいだ中、両目を閉じているのだ。参加者はまず頭をよぎる最初の物事を盲目状態でデッサンし始め、紙から鉛筆を上げることなく、もう一つ別の物事が心に浮かんでいる間も書き続け、最初の物事を必ずしも書き終えなくても構わないから、ずっと鉛筆を上げずにデッサンを続ける。次から次へと思い浮かんだ他のどんな物事でもよいから書き続けるのである。十分後に取りやめ、各々が自分のデッサンを見、まぶたの裏で続いて起こっていた物事を思い出そうと試みるのだ。そして、連続したイメージが再構成されるような素描が少しでもできていれば、紙の裏に題名を書き入れるのである。不思議なことに、このゲームの十分間は、夢と共通する点があるのだ。時間の感覚がなくなり、ほとんど一瞬の間に忘れ去ったりして、この瞑想の行程の全貌を思い出すことは極めて稀れである。通常、このゲームは続いて三回繰り返される。出来上がったデッサンは、各人の個性の特徴がすべてぼかされたような仕上がりのせいで、《画家》とそうでない者の顕著な差がないほどに見えるのだ。*

その上、ゲームの開始からブルトンは、心に浮かんできた様々な物事に対して、順番にひと続きの題名を書こうとしていた。例えば、私がゲームをしていた時、一度彼が付けた題名が、「Nid-mitretortuetoupiecartouchièrechienfaisantlebeauxcrand'arrêtcuissepuits」だった。それは、「Nid, mitre, tortue, toupie, cartouchière, chien faisant le beau, x, cran d'arrêt, cuisse, puits」(巣、僧帽、亀、独楽、弾薬盒、ちんちんをする犬、エックス、飛出しナイフ、腿、井戸)のひと続きだった。

表面上、アンドレは本心を取り繕っていた。しかし、あの日々のひとときに彼は私にこう言ったのだ。「バカンスの間に不可欠な、一種の軽やかな行いを我々は努力して続けているが、にもかかわらず、絶えず悲壮感がつきまとうのだ」。

九月十二日、エリザがパリに向かった。二、三日ほど、チリから来た彼女の妹とそこで会うためだった。それでも、いつもの私たちの会合、つまり、正午、午後の遅い時間、夕食後に会う約束に何ら変化はなかった。ただ、エリザがいない間、私はさらに多くアンドレと出会った。たぶんこの時のことだった、彼は私にこう言ったのだ。「もはや何もかも興味を引くものがなくなってしまった、花々も鳥たちでさえも」、そしてさらに付け加えた、「ジョイス★にさえ、手紙を書かなくなったくらいに」。

ある日、彼は私に、昼食前に家に来て、いくつかのオブジェを写真に撮ってほしいと頼んだ。翌朝、十時頃、私は家の玄関口の前庭にカメラを据え付けた。そこはかつて、トワイヤンの偉大な友、インドリヒ・ハイズレル★がロット川の瑪瑙に陰陽の模様を施した場所だった。アンドレは玄関口に突っ立ったまま、私の作業を見つめている。彼はまず最初に、最近彼が見つけたオブジェ

---

*ジャン＝ミシェル・ゴーチエは、アンドレ・ブルトンのポエム・オブジェのカタログ『私は見、想像する』（一九九一年、ガリマール社刊）に、A・Bの署名入りで九月七、八、九日の日付の入った、このゲームで描かれた十一枚の素描を転載しているが、その注釈で、何について描かれたのか不明だが、これらが《オートマティスムの探求》として描かれたものと記している。

を写真に撮ってほしいと望んだ。そのオブジェは、彼が詳しく語るところによると、一ヶ月前にドルドーニュ県のドンムで見つけたもので、おそらく古い棟瓦の装飾具だそうだ。彼が言うには、初めて見た時、彼が『狂気の愛』で語った《プラハの星型の城》をそこに見たように感じたという。私の方はといえば、その星形の石をよく見ているうちに、突如、これこそがブルトンのアナロジックな真実の肖像ではないかという感じに打たれ、その劇的な力にとらえられたのだ。のちに、ブルトンの墓を際立たせることについて皆で相談した時、私はこのオブジェを墓石に据えることを直ちに提案することになるが、そのことを心の底から納得している。★その証拠に、この選択に異議を唱える者がなく、それほどこのオブジェは傑出しているのだ。ところが、これを写真に撮ろうとした時、あまりに動揺したせいで、私はカメラを落としてしまった。落下によって金属製のレンズが結局歪んでしまったのだが、幸いにも、ブルトンが準備していた他のオブジェも撮影し続けることができた。

　それで次に撮ったのが《巨大なオオアリクイ》だ。それは一九六二年、サン＝シル＝ラポピーでエリザが見つけた二本の自然木の断片を、彼がシンプルに重ねて組み合わせたものだ。続いて、彼が写真に撮るよう望んだのは、ちぐはぐな物を組み合わせた、思いがけない一連の独創的オブジェだった。例えば、円形ないしは角形の、石膏でできた古いゴーフル焼きの鋳型に、庭師を象って切り抜いた金属製の看板がそれだ。他にも、入念に細工を施された木製のスプーンや、長い柄

ある日、彼は私に、昼食前に家に来て、
いくつかのオブジェを写真に撮ってほしいと頼んだ。

アンドレ・ブルトンに見つけ出されたオブジェ
撮影：ラドヴァン・イヴシック

の上に乗った光沢ある金属製の大きな鷲など、これらは少し前から彼のお気に入りの装飾だった。ひとたびこれらオブジェの撮影を終えると、彼は急いで私を家の中へ招き入れ、広い室内の写真を撮るよう頼んだ。その部屋は、近年手に入れた見事な木製テーブルが横切るように置かれ、壁の一部には、彼が蒐集を始めたばかりのポピュラーな聖水盤がいくつか飾られていた。

エリザの出発以来、彼は一人きりだったので、翌朝また来るよう私を誘った。それで十時半頃、また出会った。彼は奇妙にも、気力に満ちていると同時に、ひどく沈んだ様子だった。短い時間にあれこれと話したあと、おそらく彼の視線が、昨夜の会合のためにトワイヤンと私が持参したウィスキーボトルに落ちたせいだろう、不意に彼はこう自問した。「人生に与えられたもの、女、酒、煙草がもはや必要ない時に、なぜ生き続けているのか？　それ以外のものすべては、闘う必要のあるものだ。友情に対してすら、闘わねばならない」、そしてこう言い添えた、「私は望むがままに生きてきた。何の悔いもない。ただ、私は苦痛を恐れている」。

このコメントは私を驚かせた。なぜなら、最近、いかなる時でも、肉体的に苦しんでいるという印象が彼になかったからだ。もちろん、彼の呼吸は少し困難な様子だったが、以前ほどではなかった。短い沈黙のあと、彼は付け加えた。すでに彼が八月にミミ・パランに言ったことであり、後年私も彼女に確認したが、彼の遺言には記載されなかった発言だ。「私は大時計のなかで、突っ立ったまま埋葬されたい」、さらに細かく、「墓堀人夫は、長い垂直の穴を掘るのに、ほとほとうんざりするだろう」。

それから彼は、リラックスするために、一種の当てものをして楽しもうと言い出した。それは、彼が諳んじる詩の作者を当てようとするものだった。このゲームは決して試験ではないし、私たちが愛する詩人たちに思いを馳せて楽しむだけのものだが、私はその任に堪え得ないのではないかと、まったく心配しなくてよいはずの時間にもかかわらず、多少の不安を覚えた。私の最初の三つか四つの答えが正しかったかどうか忘れてしまったが、実際にメーテルリンク作であった散文詩を、サン＝ポル＝ルーだと答えた覚えがある。「確かにそんなに離れていないね」と、ブルトンは私を安心させてくれた。

あの日々、毎日のように、私たちは日に三度、つまり、昼食、六時頃の《カフェ》、最後に彼の家で出会っていた。そこにはいつもトワイヤンが、どこへも行かずに、細心の注意を働かせながら一緒にいた。彼女は、自分の心が底知れない深みに近づいて覗き込むのを、絶えず避けようとしているように見えた。毎晩、私たちがアンドレの家をあとにする時、彼女は家から数歩出たところで立ち止まり、家の灯りがすべて消えるのを待って、いつもほとんど同じ問いを口にするのだった。「今、彼の頭の中で何が起こっているのだろう?」。彼女は、実際にブルトンが彼女に言ったこと、そして、まもなく彼が私に言うであろうことを、あえて打ち明けようとしなかった。そ

《巨大なオオアリクイ》だ。それはサン＝シル＝ラポピーで
エリザが見つけた二本の自然木の断片を、
1962年に単純に重ねて組み合わせたものだ。

アンドレ・ブルトンのアサンブラージュ
撮影：ラドヴァン・イヴシック

れは、ブルトンが、毎日のようにサン＝シル＝ラポピーの古い村役場の取り壊し工事の進捗状況を確認しに行っており、その取り壊しが完了した時こそ自分が死ぬ時だと言う彼の発言だった。トワイヤンと私は、アンドレの状態について互いに押し黙ってしまうのだが、それでも夜の散歩を日増しに長引かせてしまうのは、この流れ、この進行を少しでも払いのけたいと願うからなのだろうか？

十時半頃、彼の家をあとにし、彼の依頼で、また翌朝に来訪してみると、状況がまったく変わっていた。彼の顔に奇妙なあざが新たに表れているのだ。心配するどころではなかった。彼は言う、「自分の顔を見ていないが、それは思いがけないことだ。そんな異常な症状が表れているなら、できるだけ早くアルキエを呼んでほしい。あのことを思い出そう、すべてをよく思い出すんだ。真夜中に、自分が誰か分からなくなり、自分が自分でなくなったのだ。その後目覚めると、私は確かにアンドレ・ブルトンだった。紙切れを取り出し、書いてみる。〈私の名はアンドレ・ブルトン。パリ、フォンテーヌ通り四十二番地に住んでいる〉。しかしそれから眠れなかった。私は数を数えた。そしてクロスワードパズルをした。起き上がり、歩いてみる。それから自分の記憶がダメージを受けたのかどうか疑った。確認するため、詩を諳んじてみる。まったく忘れていない。記憶はよく働いている。しかしこのことすべてが私を激しい不安に陥れているのだ」。

突如、私は、九月の七、八、九日と、あのゲームをしようと言い続けた彼の真意を了解した。あのゲームで、私は言葉と物との間に確立できる、多少なりとも動かしがたい繋がりを感じた。クロスワードパズルを想起させる、こうした逆方向からのアプローチにおいて、ブルトンは、自分の思考の働きを試すもう一つ別の方法を模索していたのだ。

「あのことを思い出そう、すべてをよく思い出すんだ」、彼が繰り返すこの言葉が、私の脳裏からまったく離れなかった。そしてなおも、アンドレは、私に打ち明けたことをエリザにだけは言うべきではないと強調した。彼は無益に彼女を心配させることを拒み、どうしても免れないと判断した場合に、自分から彼女に話すと言った。

九月二十日に、エリザがパリから帰ってきた。その時にアンドレが彼女に打ち明けたことを私は知らなかったが、その翌日に彼女がカオールにいる主治医を呼び寄せたことは確かだった。彼女は私やトワイヤンに対して、一種の呼吸障害が原因だとしか言わず、更なる詳細を語らなかった。しかし彼女から頼まれて、村から帰りがけの医者を見送っていく際、医者は医学上の秘密に十分配慮しながらも、今さっき彼に話したと思しき次のコメントを口にしたのだ。「芸術家の命は極めて危険な状態だ。今のところ、それが結論だ」。

しかしながら、それでも何ら変化はなかった。私たちの会合はいつも通り続けられ、おそらく以前より暗澹たる心持ちであるにもかかわらず、ブルトンは、どんな細かなことにも注意を払う、

十時半頃、彼の家をあとにし、
彼の依頼で、また翌朝に来訪してみると、
状況がまったく変わっていた。

サン＝シル＝ラポピーの家のインテリア
1966年9月撮影：ラドヴァン・イヴシック

精神のあらゆる活力を維持していた。一度、ジュリアのレストランの近くで、私たちが通る道すがら、茅屋の中の見えない所から、一匹の豚が鳴き声を発した。するとブルトンは、即座にため息まじりに反応した。「豚でさえ、自分の存在を知らせようと合図を送っている。豚もまた愛情が必要なんだ」。

正確にいつの日だったか忘れたが、アンドレとエリザと私の三人だけだったときのことだ。会話の途中で、アンドレは思い出すように、シュルレアリストたちがその当初、あらゆる古い世界に反抗して立ち上がったことに言い及んだ。私は、その時代以降、おそらく状況はもっと悪い方向に向かっているのではないかと彼に指摘した。たとえば、私がいたユーゴスラヴィアでは、古い世界のみならず、シュルレアリストたちにさえ敵対しなければならなかった。もっと正確に言えば、シュルレアリストたちがスターリニストになった。彼らは賭けられているものを知悉しており、私たちの武器の使用法に精通しているだけに、なおさら恐るべきことだった。アラゴンやエリュアール、リスティッチのように、イデオロギーの蜃気楼に身を委ねようとした連中のみならず、マックス・エルンストのように、当初の反逆を忘れ果てた他のあらゆる連中も同様だった。その他に、ブルトンがいくつかのインタビューで語っているように、ダダで潰え去った人々を、ある種、なつかしげに彼が回想するときもあった。

私たちの会話は、現時点のことや、すでに述べたように、《カフェ》での会合を、ブルトンが一、二週間ほどたびたび欠席することが初めて起こった、ここ十二ヶ月の間のことに向かった。欠席の原因が、唯一、彼の健康状態にあると疑わせたことは、それ以前には一度もなかった。私としては、最近、《カフェ》での会合がかなりひどい状態であると感じており、その点で、時々行くのが怖くなることさえあると彼に言った。「私もだ」。まったく予期しない答えが彼から返ってきた。すると彼は、多くの友人に不満を述べるのだった。「それに、私の主要な協力者である二人★の書くものが、私に理解できなかったら、どうするつもりなんだ！」エリザは彼を落ち着かせようとした。「でも他にも人がいるでしょう！」「他に誰が？」と彼は言い返した。それから少し反芻して付け加えた。「たとえばヴァンサン・ブヌール※だ。彼はあらゆる点で、まず最初に駄目なものを見つけ出し、欠点をあげつらい、物事の価値を下落させることに専念している――私とはまったく反対だ。パリに戻ったらすぐに私はこの問題をはっきりさせるつもりだ」。

二、三日後、私たちが二人だけの時、彼は私に対して非常に真剣に話しかけた。「君に話しておきたいことがあるんだ。承知のように、この秋に、シュルレアリストの新しい機関誌★が出ることになっている。私はジャン・シュステルにその責任編集を任せることに決めた。君は口には出さないが、そのことを認めていないのはよく分かっている。彼は詩人ではないし、君や私のように、少年の部分を残していないのも分かっている。しかし、彼はシュルレアリスムを待ち受ける困難な時代に立ち向かうことを心得ていると思うのだ」。明らかに彼にとって、シュルレアリスムの変転は気がかりであり、不安でさえある。しかし、このコメントに付随して別の話題に転じたとき、彼が私に伝えたこの決定と、どうやら矛盾することを彼は語るのだった。「シュルレアリスムは、ジャン・シュステルによって、ディオニス・マスコロ★の陣営に持って行かれたら死ぬだろう」。後に続く様々な出来事は、ブルトンが当初考えていたような、時代に立ち向かうことを、ジャン・シュステルが心得ていなかったことを示すことになる。しかしブルトンは、先のことを正確に見通していたのだ。ずっと後に、シュルレアリスムの記録文書を管理しようとの目的で、その同じシュステルによって創設されたアクチュアルという下らない組織が、恥知らずにも、フランソワ・ミッテラン大統領に、シュルレアリスムを救ってほしいという旨の手紙を送り付けたのだ。そして当時、実際にそれを指示していたのがディオニス・マスコロだった。

九月二十一日から状態が悪化した。一日中、アンドレは呼吸困難に陥っていた。エリザが医者を呼び出したが、その後毎日、医者が治療を施しても一向に良くならなかった。九月二十三日、ジュアン・マイユー★が不意に来訪した。彼は長年の友人で、アンドレは熱烈に彼を歓待する。その翌日、トワイヤンと私は、カオールまでマイユーの車に乗せてもらって、何か忘れたが、アンドレが必要とするものを探しに行った。当然、私たちの会話の中心は彼の健康状態だった。帰ってみると、一見彼は良くなっていて、マイユーは少し安心してコレーズにある自宅へ帰っていった。

しかしながら、次の日から、アンドレはカフェに上って来ることができなくなった。彼はトワイヤンに、村役場の工事状況を尋ねた。彼女は目にしたままを彼に伝えた。「ほとんど取り壊されているわ」、「ああそう！」、と彼は返事をしただけだった。

九月二十六日、彼の状態が思わしくなかった。彼の同意を得て、エリザと私は、どうしたらよいかを主治医に尋ねにカオールまで赴いた。主治医の意見としては、これ以上、手の施しようがないので、アンドレが自分の勧めるトゥールーズか、パリの病院で、本格的に診療を受けるのが最も良いというものだった。もしそうするなら、翌日にすべてを準備すると彼は約束した。それは救急車が朝の九時にアンドレの家の前で待機し、直接、パリ、フォンテーヌ通り四十二番地の彼のアパルトマンへ搬送するというものだった。

私たちがサン＝シル＝ラポピーに戻ると、アンドレは主治医の提案を素直に受け入れ、トゥールーズに滞在するよりはパリに帰る方がよいという彼の意向を確認した。この急な出発に当たって、すべてを準備する時間がほとんどないにもかかわらず、彼はむしろ上機嫌な様子だった。彼は直ちに、エリザと私が彼と一緒に救急車に乗車して帰ることを決めた。

その夜、取り決め通り、私は最終的な調整のために彼の家を訪れた。アンドレは起き上がっていて、大きなテーブルの上の書類を整理している。しかし彼は、アラン・ジュフロワ序文の彼の

私たちが準備を終えると、
アンドレはテーブルに向かい合って
座るよう私に言った。

サン＝シル＝ラポピーの家のインテリア
1966年9月撮影：ラドヴァン・イヴシック

詩集『地の光』再版のゲラ刷り原稿の束を見る気もしないと言った。彼の外見や声に何らかの変化を認めることは難しかった。その隣でエリザが慌ただしくスーツケースを準備しているが、極端に心配そうな様子に見えなかった。私は、片時も自分がこわばっているように見えないよう、不安を精いっぱい押し隠しながら、できる限り彼らを手助けした。

私たちが準備を終えると、アンドレはテーブルに向かい合って座るよう私に言った。そして非常に驚いたことに、小切手帳やパリのアパルトマンの鍵を私の方で預かってほしいと頼むのだった。おまけに、うっかりと紛失したり、サン＝シル＝ラポピーに置き忘れたりする危険が常にあるから、エリザよりも私の方で預かっている方がより安全だと、まるで冗談であるかのように言うのである。

すべてが終わると、私は明朝八時半頃に家に迎えに行くのでよろしくと伝えた。玄関の敷居をまたぐ前に、私は振り向いた。彼は部屋の奥に立っていて、まさに舞台上の役者さながらに、こう私に言葉を投げかけた。「今に、幕が降ろされるだろう」。

極度の不安に凍りつき、家を出ると、私はトワイヤンに会った。彼女はすぐにパニックに陥り、度を失った。そして彼女がマリアンヌと共に、パリ行きの始発列車に乗ることを取り決めた。

九月二十七日、八時半にアンドレの家の前に着くと、救急車の運転手が、すでにその白い車で待っていた。まもなく荷物が運び込まれ、家が閉められると、アンドレは介添えの必要もなく石段を降り、難なく救急車に乗り込んだ。そして一人用の簡易ベッドに身を横たえると、誰にともなくこう言った。「このすべては、ちょっとマック・セネット★の喜劇みたいだな」。エリザはひどい頭痛に襲われていたので、後部席よりも揺れが少ない運転手の隣を選び、私はまさにアンドレのすぐ横の救助シートに陣取った。出発前に、救急車運転手――運転手と同時に看護師の役目を果たす――は、私たちのために道路を開けさせる護衛隊の恩恵を受けるよう伝えた。通りがかりに何ら注意を払うことなく見ていたのだが、確かに、彼が示すように、二人の警察のオートバイがすぐそばで停車していた。各中継地で、他のオートバイが交代しながら、パリのアンドレの自宅まで私たちを先導するのだと彼は付け加えた。

私たちの隊列が動き始めると、すぐに救急車とオートバイがサイレンを鳴らした。幸いにも、私が危惧したように、アンドレはこの騒音を不快には感じていない様子だった。時々、彼はまったく普通に私に話しかけた。そして時折、目を閉じていたが、実のところ眠ってはいなかった。私は彼を疲れさせないよう、できるだけ話しかけないようにしていた。しばらくしてから、道路を先導してくれているオートバイに対して、一種の感謝をさりげない方法で示そうとしたのだが、それが必要なくなったことが分かった。実際に、交代すると言われていた、サン＝シル＝ラポピーのチームは約束の場所にいなかったのである。それ以降、パリまで私たちは先導なしに走り続けることになった。

三時間後、運転手は、この搬送に耐えているアンドレの状態を見るために停車することにした。彼の意見によれば、少し車から降りて、アンドレの足の痺れを取るために私たちと一緒に数歩歩いた方がよいと言う。これは難なく実行された。しかし、それにもかかわらず、再び救急車が出発すると、アンドレに何らかの変化が表れた。彼は眠ってはいなかったが、朦朧とした状態だった。一瞬、彼は私に尋ねた。「我々はどこに行くんだ?」。この問いかけに私はすっかり狼狽した。しかしそれでも、努めて冷静に答えた。「パリへ」。二度目の問いかけは、さらに私を慌てさせた。「すでに私はパリにいるのではないか?」。私は少し彼に話しかけてみたが、彼が私を認めたかどうか確証はなかった。彼は目を開けたまま、あたりを見つめていた。

午後の少し遅く、運転手は二度目の休憩が必要と判断した。彼はアンドレを見に来ると、外へ出て数歩歩きたいかどうか尋ねた。そうしようと、アンドレはほとんど介添えも要せず、再度、救急車から降り立ち、道路を横切った。私は彼のそばにいた。するとその時、彼は私を見つめ、こう尋ねたのだ。

「ロートレアモンの本当の大きさとは、どんなものだろう?」

この発言がアンドレが口にした最後の言葉なのか、私は未だに知らない。

彼は西の方に振り向いた。その眼は、まもなく沈みゆく朱の太陽に注がれていた。太陽は、やがて地平線にわだかまる暗雲のとばりに姿を消すだろう。そして彼は、道路わきの傾斜した土手の大地に、じかに腰を下ろすと、沈黙したまま、傾きゆく太陽を見つめ続けた。私の記憶のなかに、この時の壮大な静けさが灼きついている。私のすぐそばで、すべてが静寂に包まれ、微動だにせず、一人の叡智ある偉大なインディアンが、眼前に広がる広大な空間を探るように観察しているのだ。私は、トワイヤンがここにいないことを惜しんだ。

エリザはといえば、荘厳なるアンドレの状況をまったく気づけないほどに、ずっと偏頭痛にさいなまれていたので、恐怖のあまり我を見失っていた。「かわいそうなアンドレ！地べたにしゃがみこんで、なんて悲しそうなの！何か敷く物でも持っていけばよかったのに！」。

再び車で出発すると、胸がふさがりそうな思いで、私はアンドレのすぐそばに席を占めた。それから彼は、救急車の線入りの乳白ガラスを通して、何とか目に入ってくる沈む太陽の方へ、頭を右側に向けた。そしてそのまま、最後の光が消え去るまで動かずにいた。

目が閉じられ、彼は沈黙したままだった。邪魔立てするものは何もなかった。二、三度、彼とやりとりしようと試みたが、少しも反応がない。私はいよいよ救いがたいように感じた。おまけに、車は都市圏に入ったのか、時々速度がゆるまり、かなりのろく進んでいることに気づいた。

ようやくパリにたどり着いた。しかし通行が甚だ困難となり、救急車のサイレンだけでは、この交通渋滞から脱するにはほとんど役に立たなかった。おまけに運転手はパリの街を知らなかった。が幸いにも、彼の隣席にいるエリザがどうにか案内することができた。

ついに、私たちはフォンテーヌ通りの家の前の空き地を見つけて停車した。けれど、深く眠っているアンドレが、彼のアトリエのある三階まで、階段を上ることは不可能だった。これまで、そのことを誰も考えていなかったのだ。そこで私たちは、運転手と一緒に、担架で彼を運ぶことに決めた。私は不慣れだが、他に運べる者などいるわけがなかった。運転手が担架の前を持ち、私が後ろだった。私の人生で、服を着たアンドレが横たわっている、この金属製の担架ほど重たいものを持ち上げて、運ぶなどということは一切なかっただろう。中庭を横切ると、すでに私の力は限界にきていたが、裏階段の上り口には支えも何もなく、そこから一歩、一歩、仰向けに転ばないよう、バランスを保てるかどうか、知れたものではなかった。私はまるで背中にのしかかるかのような、私にかけられた非常な重圧と責任を感じていた。

部屋の中にたどり着くと、私たちはすぐにアンドレをベッドに寝かせた。彼はまるで何事もなかったかのように、深く眠っている。エリザは、ただちにアンドレの娘のオーヴ、そしてパリの主治医に電話をした。主治医はまもなくやって来て、手短かにアンドレを診察したあと、心配には及ばないが、大事を取って、すぐにラリボワジエール病院へ搬送するべきだと言明した。

この二度目の救急車による搬送での、不愉快な記憶が私から去らない。サン＝シル＝ラポピーの救急車運転手とはうらはらに、二人のパリの連中は、搬送する患者に対して配慮のかけらさえ見せない。この世に役立たぬ厄介者の老人としか思っていないのだ。もちろん、アンドレはそれを知る由もない。彼らは非常に重いと感じたのだろう、彼の靴をもぎ取って投げ出すのを、私は見るに忍びなかった。

エリザと私は、ラリボワジエール病院まで、タクシーで救急車のあとを追った。運良く、アンドレはただちに彼を知る数人の医者に託されることになった。彼が運ばれるとき、オーヴもほぼ同時にかけつけて来て、私たちは診察の結果を待つことになった。

しばらくしてから、医者がやって来て、アンドレは、少なくとも今夜いっぱいは、さらに診療を受けるために病院に留まるべきだと私たちに伝えた。医者はエリザを落ち着かせ、安心させようとし、フォンテーヌ通りに戻るよう強く勧めた。ついに彼女は同意し、一方でオーヴが、とにかく父の状況を知るために病院に待機することが決まった。医者の言葉を聞いても、なおも暗鬱な感情から解き放たれないものだから、私もまだそこに残っていた。とはいえ、途方に暮れ、力尽きたエリザを残して、一人で彼女を家に帰らせるのは忍びなかった。

アトリエに上がると、エリザは打ちひしがれていて、私に立ち去らないよう求めた。疲れ切ったエリザは、アトリエで私が身を横たえるソファを案内すると、隣室へ引き取った。この驚異のオブジェの森で、私は微睡もうとし、極度の不安を静めようとしたが無駄だった。

朝の六時頃、電話が鳴り響いた。話し声で、明らかに病院からだと知れた。すべてが終わったのだ。エリザはまさにこの時、自分がここ最近、常に感情を抑えていた分、アンドレが心配をかけまいと彼女に病状をひた隠しにしていたことを初めて悟った。私たちは慌ただしく病院へかけ戻った。


フォンテーヌ通り四十二番地に帰ると、エリザは自分の置かれた状況が分かっただけに、とても一人では対処できないことに瞬時に気づいた。彼女は私にもう一、二週間、ブルトンのアトリエに居残ってほしいと懇願した。というのも、絶えずなだれ込んで来る来客を選別したり、ジャーナリストや望まぬ来客を遮断したりするためには、当然のことながら、状況に応じて必要な手続きや移動などの付き添いが不可欠だった。

案じていた葬儀の日は、少なくともパリの群衆、なかでもアンドレに敬意を表しにやって来た多数の若者たちによって輝きわたった。ジュリアン・グラック、ルネ・アロー、ジャン＝ジャック・ポーヴェール、エリック・ロスフェルド、マルグリット・ボネ、アンドレ・ピエール・ド・マンディアルグ、その他大勢の人々や、もちろん《カフェ》に集まるシュルレアリスト全員が参列した……。

エリザにとって、私の存在が不可欠である限り、私はアンドレのアトリエに居残っていた。およそ二週間後、私は自分のアパルトマンに初めて戻ることができ、そこへトワイヤンを招き寄せ、サン＝シル＝ラポピーの最後の夜以降に起こった出来事をすべて語り合った。彼女の方では、アンドレが出発した日、パリへ引き返す夜汽車を見つけられなかったという。それで出発までに充分時間があったので、彼女は村の頂上へ登ったり、アンドレがパリに戻る前日まで気にしていた、古い村役場へも訪ねたらしい。村役場は跡形もなく、解体工事は完了していた。この建物が完全に取り壊される時こそ自分が亡くなる日だろうと、ブルトンが私たちに告げた言葉は、彼女も私も忘れることができなかった。

記憶が正確かどうか問うてみるとき、私たちは、後になっても、長い間、その記憶が私たちの心を奪っていることに非常な感動を覚えている。なぜなら、トワイヤンも私も、日々過ぎてゆく人生の物事を書き留める習慣のない人間だからだ。にもかかわらず、私たちは、実際と同程度の正確さを保証することのない、思い出というものの強烈さを意識せざるを得ない。その時には感じないが、幸運にも、人生においては救いようのない出来事が緩和されてくるものだ。私がアニー・ル・ブランに書いていた手紙は、その日その日の暗鬱な心象風景を呼び起こすが、思い出を確認するためには重要な役割を果たしている。

時の流れのままに、発言されてきたことの正確さが押し流されたままにしておいてはならない

……その星形の石をよく見ているうちに、
突如、これこそがブルトンのアナロジックな
真実の肖像ではないかという感じに打たれ、
その劇的な力にとらえられた。

アンドレ・ブルトンが最後に見つけたオブジェ
撮影：ラドヴァン・イヴシック

という、トワイヤンの執着もあった。ブルトンの死後、彼女は、数え切れないほど何回も、一九六六年のあの夏の終わりに立ち戻っていた。そして、私たちが目撃してきたことをいつの日か伝えようと気にかけていた。そしてまた、一九七二年四月十一日から私はアニー・ル・ブランと共に生きていくことになったが、トワイヤンは彼女に対して、私たちが思い出すことのすべてを書き留めてほしいと頼んでいる。「時間が猶ある限り」、とトワイヤンは言うのだ。あたかも、ブルトンとの長年に及ぶ友情と信頼が、一九六六年九月の出来事を一つでも忘却することがあってはならないという強い要請となって、いつまでも続いているかのようだった。ブルトンの最後の衝撃的な問いかけや、その日その日に口にされる、解読しては興奮を催す多様な言葉の数々は、雷に打たれた大地に、偶然、見たことのない眺望が立ち現れるに等しかった。

私にとって、認識できないわけではない偶然が、終わりを告げたわけではなかった。それゆえ、メーテルリンク以降、この《終わることなき想念》は、《自我の枠外》★へと私たちを導く、つまり、他の物事との遭遇によって、より正確に識別できる地点へと私たちを引きずり込むのだ。一九八〇年の夏の終わりに、トワイヤンが重病に陥り、私はラエネック病院に付き添った。私が担当の主治医に話しかけるとすぐに、彼は私を思い出し、去る十四年前、ラリボワジエール病院の救急治療室で、インターンとして、アンドレ・ブルトンを迎え入れた者であると自己紹介するのだった。

その時、私は不安と喜びが二重となって一種の恐怖を覚えたものだ。トワイヤンがその後、数日しか生きていなかった事実に変わりはなかったが、にもかかわらず、或る啓示の瞬間といおうか、容認しがたいものが、まったく別の光によって明らかとなるのだ。

突如私は、その啓示の正体を推し測ることができた。そこでは、私がトワイヤンと共有してきた二つの影の源泉、つまり中央ヨーロッパの森が、アンドレ・ブルトンにまつわる一九六六年九月の夜々の中で深く掘り下げられ、通底しているのだった。時のうつろいのもとで、この二つの源泉が、偶然というものの裏側で一閃を放って姿を現し、合流していく様を、私は目の当たりにしたのだ。そのことを、すでに二世紀前に、ノヴァーリスはこう述べている。「人間は、種々さまざまな道を歩む。そうした道の跡をたどり、互いにつき合わせてみると、不思議な形象が現れてくるのに気づくだろう★」。

〔編者註解〕

以下に掲載した人名のいくつかは、著名な人物もいるが、あまり知られていない人物、あるいはシュルレアリスムやアンドレ・ブルトンに繋がる特別な関係者について、必要と思われる簡略な紹介を付した。

アルキエ、フェルディナン（一九〇六年、カルカッソンヌ生まれ～一九八五年、モンペリエ死去）。哲学者、大学教授。シュルレアリスムのごく初期に接近し、精神の自由を謳って著名となる。政治面でもこの自由を標榜し、一九三三年、「革命に奉仕するシュルレアリスム」誌に掲載した手紙『ソ連から吹く組織的な白痴化の風』で物議をかもす。しかもこの発表で、アンドレ・ブルトンとポール・エリュアールが革命的作家芸術家協会から除名されることになった。理性に対する絶えざる疑問に関して、デカルトやカント、スピノザへの彼の深い造詣は、シュルレアリスムの特に豊富な読解をもたらし、その結実として、一九五五年、『シュルレアリスムの哲学』を著した。

ヴィチニィアッチ、イザベル（一九一七年、オデッサ生まれ～二〇〇六年、ジュネーヴ死去）。「ル・

モンド」誌のジュネーヴ特派員として知られ、アルジェリア戦争の間に行われた拷問や抹殺について報道、その後、クルド人の自由のための闘いや、サウジアラビアやモーリタニアにおける奴隷制度への反対、中絶の自由……などを訴え、さらに東欧諸国の圧制や、チリの独裁制を告発した。

ヴィチニィアッチ、ジャック（一九一七年、モスクワ生まれ〜二〇〇四年、ジュネーヴ死去）。収容所送りの列車から逃亡し、ウラジミール・ヤンケレヴィッチやジャン・カスーと共に、レジスタンス活動の地下組織網を統括した。その後、国際的な翻訳家となり、レジスタンス活動で使っていた名前、ジャック・ジベを、ペンネームとした。解放へのあらゆる闘いを支援し続け、妻と暮らすジュネーヴのアパルトマンで、ジャンソン機関に属するＦＬＮ（アルジェリア民族解放戦線）の闘士や、後には、圧制下にあるビアフラ人や西サハラ人、エチオピア人の滞在を受け入れた。

ゴンタベール、サニア（一九一六年、オデッサ生まれ〜二〇〇〇年、パリ死去）。人民戦線の勝利、スペイン市民戦争、そしてモスクワ裁判を経、若き国際労働者同盟主義者として、トロツキストのシンパとなる。一九四〇年に復員後、国際労働者同盟の地下組織で闘い、一九四五年に国際主義共産党・第四インターナショナルのフランス支部で活動、リヨン管区の責任者として数々のストライキを組織。一九五一年の国際主義共産党の分裂後、組織から脱退し、非公式のグループで革命的思想を追求、そこでマクシミリアン・ルベル、ムニス、ヌゴ・ヴァン、エドガー・ペッシュ、バンジャマン・ペレ、ランベールなどと知り合った。

シュステル、ジャン（一九二九年、パリ生まれ〜九五年）。一九四八年に「革命的シュルレアリスム」活動に目覚め、運動の政治的方向性に重要な役割を果たす。一九五八年、思想的に近いディオニス・マスコロに導かれ、共同で『七月十四日』誌を創刊、さらに《アルジェリア戦争反対フランス知識人行動委員会》に参加し、アルジェリア戦争における不服従の権利に関する『百二十一人のマニフェスト』で活動を続けた。シュルレアリスム機関誌『メディウム』、『シュルレアリスム・メーム』、『ブレッシュ』など、次々と編集や声明文起草の中心的役割を果たし、ブルトンの死後、一九六九年の運動の解体まで『アルシブラ』誌を主宰した。その後、《アクチュアル》という組織を通じて、選集の再版とは別に、シュルレアリスムの知的財産を管理するため、とりわけ様々な機関や個人に対して補助金募集を訴えかけ、無駄な努力を続けた。

ジュフロワ、アラン（一九二八年、パリ生まれ〜）。十八歳でアンドレ・ブルトンに出会い、機関誌『ネオン』の発刊に協力。モラルに関わる問題により、シュルレアリスムから遠ざかり、一九四八年、運動から除名される。それでもなお、美術批評家、エッセイスト、小説家、詩人としての旺盛な活動を通じて、運動と平行した道をたどり続けた。アンドレ・ブルトンが六十歳代に入った頃に和解、彼の死後、スターリニズムの主唱者となったアラゴンとブルトンが決定的に決裂しているにもかかわらず、何らこだわろうともせず、アラゴンの友人となった。

ダリュー、ティラ（一八八〇年、ウィーン生まれ～一九七一年、ベルリン死去）。ワイマール共和国の最も著名な女優の一人。ココシュカ、リーベルマン、フランツ・フォン・シュトゥック、バルラハ、ハラーなど、多くの画家や彫刻家に肖像を描かれた。ルノワールもまた一九一四年に彼女を描いている。一九二六年以前に、美術商で編集者のパウル・カッシーラーの妻となり、ピスカトールの政治劇を財政的に支援した。その後、次の夫が逮捕されると、一九三三年にドイツへ逃れ、以後、ユーゴスラヴィアへ亡命、そこでレジスタンス運動に加わる。その時、ラドヴァン・イヴシックは彼女と出会い、五〇年代初頭に彼女がドイツに戻るまで、頻繁に交流した。特に戦後、彼女が当局に追われていた一九四六年から四八年の間、彼女は避難所として彼に住居の一室を提供している。当時、彼女自身が当局により資産を剥奪されたため、イヴシックは自らがディレクターを務める演劇の顧問として彼女を雇用・招聘した。

トワイヤン（一九〇二年、プラハ生まれ～一九八〇年、パリ死去）。両大戦間におけるプラハの芸術家の生き様を象徴する存在で、一九二〇年から「デヴィエトシル」グループの創立に関わり、カレル・タイゲに触発され、一貫して芸術活動と革命的行動との結合を追求した。断固たる彼女の反逆精神は、絵画やデッサン、コラージュの創作を通じて追求してきた詩への探究と不可分のものであり――その作風は、インドリヒ・シュティルスキーと共に定義した《技巧主義》の表れとして、目に見えない感情を表現する、絵画を超越したものであり、彼女が三十年間関わってきたシュルレアリスムの体現でもあった。さらに一九三四年、シュティルスキーやタイゲ、ネズヴァルと共に、チェコのシュルレアリスム運動を設立、戦時中に年若い詩人、インドリヒ・ハイズレルをかくまったのち、一九四七年、彼と共にパリへ亡命した。彼らは共に、戦後初のシュルレアリスム機関誌『ネオン』創刊に尽力、実現させた。トワイヤンのもつ詩的な能力が、シュルレアリスムにもたらした貢献は計り知れず、そのエロティックな爆発力は、愛の新世界を切り開いた。アンドレ・ブルトンに対する彼女の忠誠は、いつかな衰えることがなく、ブルトンは『シュルレアリスム宣言』の彼女への献辞に《特別な女友達》と記し、その友情を裏切ることはなかった。

パラン、ミミ（一九二四年、モントリオール生まれ〜二〇〇五年、ヴィラール＝シュル＝オロン死去）。ジャン・ブノワと共にカナダより来仏。彼と共に、一九五九年からシュルレアリスムに係るすべての活動に参加。もともと画家であるが、なかでも、オブジェ『警報函』が、シュルレアリスム国際展「エロス」展のカタログ表紙に掲載された他、多数の函を通して、鏡の向こう側に異次元が見え隠れするオブジェを考案した。

ブヌール、ヴァンサン（一九二八年、ストラスブール生まれ〜一九九六年、パリ死去）。一九五五年に運動に参加。一流の理論家であり、シュルレアリスムのあらゆる機関誌や活動に協力した。原始芸術への核博な知識は、専門家の域に達していることで知られている。ブルトン没後、一九七六年に編集した論文集『シュルレアリスム文明』を通じて、あくまでグループの消滅を拒否する姿勢を貫いた。

ブノワ、ジャン（一九二二年、ケベック生まれ〜二〇一〇年、パリ死去）。カナダから来仏、一九五九年に運動に参加。アルフレッド・パランの教え子で、一九四三年に『シュルレアリスム宣言』を読んで開眼、第二次世界大戦後にアンドレ・ブルトンと合流した最も傑出した人物の一人。シュルレアリスム運動のあらゆる示威行動に参加した。未開芸術に熱中し、旧来の意味における《芸術家》であることを拒否、カテゴリーや規範を常に攪乱する手法を用いた。そうした作品に『サド侯爵の遺言執行式』、衣装をまとった彫刻作品『屍姦男』(一九六五年)、『マルドロールのブルドッグ』（一九六五年）など、数々のオブジェの彫刻品のみならず、籐や装身具による作品もある。

マンスール、ジョイス（一九二八年、ボウデン生まれ～一九八六年、パリ死去）。処女詩集『叫び』でシュルレアリストから絶賛を浴び、一九五四年以降、この作品は、ピエール・アレシンスキー、ベルメール、カマッチョなどの挿画を得て次々と刊行され、アンドレ・ブルトンの取り巻きとなる。詳細は、マリー＝ロール・ミシィ著『ジョイス・マンスール、奇妙な令嬢』（二〇〇五年、ジャン＝ミシェル・プラース社刊）及びマリー＝フランシーヌ・マンスール著『或る女性シュルレアリストの生涯、ジョイス・マンスール』（二〇一四年、フランス＝アンパイア社刊）を参照のこと。

リスティッチ、マルコ（一九〇二年、ベオグラード生まれ～一九八四年）。アンドレ・ブルトン『シュルレアリスム第二宣言』に連署し、両大戦間のユーゴスラヴィアにおけるシュルレアリスム運動の重要人物で、『シュルレアリスムの現在』誌（一九三二～三三年）を主宰。一九四五年、チトーにより、初代在仏大使に任命された。

ルグラン、ジェラール（一九二七年、パリ生まれ～一九九九年）。一九四八年にシュルレアリスムに参加した詩人兼哲学者。映画に熱中し、『映画の時代』や『ポシティフ』のような機関誌の創刊に協力、一方で非常なジャズ通でもある。シュルレアリスムの機関誌『ビエフ』の編集長を果たすなど、運動に関わるすべての刊行物に協力し、より厳密な思考を展開した。一九五三年、『魔

術的芸術』の編纂でアンドレ・ブルトンに協力、一九六〇年には、ブルトンのテクストの最初の
アンソロジーとなる『詩、その他』を編集、発表した。

二〇頁★　詩人兼出版人であるギー・レヴィス・マノ（Guy Lévis Mano）が主宰するG・L・M社から刊行された『カイエ』誌は、アンドレ・ブルトンを中心としたシュルレアリストが編集に関わり、一九三六年から三九年にかけて九号まで刊行された。アンケートが掲載されたのは、最終刊の九号。

二五頁★　ゴリ・オトク島はクロアチア語で《不毛の島》の謂い。ユーゴスラヴィアがコミンフォルムから追放された一九四八年以降、同島にスターリニストや東側ブロックのスパイと見なされた人々の再教育を行う強制収容所が建設され、一九五六年まで政治犯の収容所として一万六千人以上を収容したとされる。

二六頁★　ヴィクトル・セルジュ Victor Serge（一八九〇〜一九四七）は、亡命ロシア人の子としてブリュッセルに生まれ、一九一九年のロシア革命時にロシアへ移動、ソヴィエト政権下で共産党員として国際的に活動するも、本質的に自由主義者である彼は、次第にスターリンとの対立を深め、二八年に党から除名、苛酷な弾圧に晒されるなか、スターリニズムを告発する多数の論考や小説を発表した。四一年にメキシコへ亡命、同地で死去。

二六頁★　雑誌『社会主義か野蛮か』は、一九四七年、ギリシャ出身の思想家、コルネリュウス・カストリアディスやフランスの政治哲学者、クロード・ルフォールらによって創刊、ソ連を国家資本主義とみなし、スターリニズムを告発した。このグループは、その後もハンガリー動乱をはじめとするソ連に対する反乱を支援した。

三四頁★　詩集『温室』や戯曲『青い鳥』『ペレアスとメリザンド』で知られるモーリス・メーテルリンク（一八六二〜一九四九）は、ベルギーの詩人、劇作家であるが、一方で、『死後はどうなるか』『永遠の生命』『万有の神秘』など、オカルティズムの著作を多数発表。彼の唱える《不可視の原理》（principe invisible）とは、この世に肉体的に生存している人間個体の意識や《自我》は、ごく狭小なものであり、それを囲繞している広大無辺な無意識、つまり個体として感知されない想念なるものが、肉体の生存にかかわらず、目に見えぬ不滅のものとして、宇宙や自然界と重なり合い、流露しているというもの。

三六頁★　ウスタシャ（oustachi）は、クロアチアに存在したファシズム政党・民族主義団体。第二次世界大戦中にナチス・ドイツと同盟を結び、大量虐殺を行ったことで有名。

四三頁★　エリック・ロスフェルド Éric Losfeld（一九二二〜七九）は、ジャン＝ジャック・ポーヴェールと並ぶ戦後フランスを代表する出版人、編集者。ブルトンの『アルカンヌ十七』に由来する出版社アルカンヌを一九五一年に設立、続いて五五年に出版社テラン・ヴァーグ、そして自らの名前を冠したエリック・ロスフェルド社を創業し、シュルレアリスムやエロティシズムを中心に千点以上の本を刊行した。シュルレアリストのパトロン的存在でもあり、機関誌『ブレッシュ』も彼が出資した。

四九頁★　フランス政府に抗議する声明文に、外国籍の者が署名すれば、国外退去命令が下される恐れがあり、外国籍のシュルレアリストのフランス在住を確保するために、やむを得ず取った措置と思われる。

五〇頁★　このゲームは別名「証明書」ともいい、無意識から生まれる隠喩の神秘的な働きを出発点としている。『シュルレアリスム・メーム』誌五号（一九五九年）に発表されたシャトーブリアンの十八項目に及ぶ次のような美しいポートレートは、その一例である。

写真……白孔雀。
両親……嵐のごとき喝采を父に、枯葉を母に生まれる。
生年月日……十一世紀末、ラテン語にフランス語がとって代わる日。
出生地……嵐が丘。
国籍……ポリネシア領アレオイ。
職業……オルガン奏者。

身長……木蓮。
髪……燈台の旋光。
顔……ゴーヴァン（アーサー王伝説に出てくる騎士）。
目……砂漠の薔薇。
肌……甌穴。
鼻……粗野なナルシスト。
声……フランソワ・ヴィヨンの「我れ、泉のほとりにて、死せんばかりに渇く」。
特徴……露出した美しい肩のあたりに生ずる亀裂。
転居……グライダー。
宗教……ジュール・ルキエ派。
指紋……掌握し、手放す。

五一頁★　この簡略辞典は、一九五九年十二月十五日からパリのダニエル・コルディエ画廊で開催されたシュルレアリスム国際展のカタログの巻末に掲載された。ブルトンやイヴシックの他に、マンディアルグ、ボナ、ジョイス・マンスール、オクタビオ・パス、ジェラール・ルグラン、ジャン・シュステル、アラン・ジュフロワ、ジョゼ・ピエール、ロベール・ブナイユン、イヴ・エレウエ、シルベルマンなどが共同編纂に参加し、A〜Zまで二七七項目に上る見出し語を選定、それぞれが解説を付して、豊富な図版や写真を挿入して完成させた。

五八頁★　モンターニュ・ノワール、すなわち「黒い山」とは、ブルターニュ地方の内陸地で、最も未開の地域。

六二頁★　ポーランドから亡命した小説家、ヴィトルド・コンブロヴィッチ（一九〇四〜六九）の小説『コスモス』（一九六五年）は、代表作『ポルノグラフィア』（一九六〇年）とは異なり、一見、まったく関連性がない事件や物事の兆候の連鎖、つまり因果関係に固執する意識の流れを追いかけて、妄執の果てに破綻を来たす世界観を描いている。その意識の叙述は、非常に人工的で、一種の宿命論に陥りかねない危険を孕んでおり、無意識の深層から由来する「客観的偶然」とは相容れず、ブルトンが「悲惨主義」と呼んで糾弾した実存主義的な産物とも言える。若いシュルレアリストが最新刊のこの小説の読解を提案して実施した際、ブルトンの慧眼は即座に作品の本質を見抜いて困惑を隠せなかったものと思われる。

六三頁★　スリジー＝ラ＝サルは、ノルマンディ地方にある元々古城であった国際文化センター。最先端の人文学研究者にとって世界的に有名な国際学会の場であり、大学教授のフェルディナン・アルキエは、一九六六年七月に『シュルレアリスムの十日間』と題し、「詩」や「黒いユーモア」など、テーマごとにシンポジウムを開催した。ブルトンは体調不良による欠席のため、ジャン・シュステルやアラン・ジュフロワ、そして当時、弱冠二十三歳のアニー・ル・ブランなど、若いシュルレアリストが各テーマを担当した。

六四頁★　サン＝シル＝ラポピーは、フランス南西部の石灰質高原地帯にあるロット川上流の断崖に抱かれた中世の村。ブルトンは一九五〇年に、この村にある中世の旧家を購い、以来、毎夏滞在し、シュルレアリストたちが集まった。付近は瑪瑙が産出し、瑪瑙拾いを通じてエゾテリックな探求を続けるブルトンが、この地を選んだ理由も主にそこにあると思われる。同地は、現在「フランスの美しい村」に指定されている。

六四頁★　ジェラール・ルグランは、本書注解の項目にも紹介されているように、『魔術的芸術』の共著者であり、ブルトンの詩の最初のアンソロジー『詩、その他』を編集、発表するなど、詩においてもブルトンの信頼が特に篤い人物であった。ところが一方のアラン・ジュフロワは、註解にもあるように、精神的姿勢に問題のある人物で、イヴシックにすれば、納得し難いものがあった。

六六頁★　『塔のなかの井戸』に付されたトワイヤンのデッサン十二葉は、『夢のかけら』と題され、のちに同様の構図をもとに、ドライポイント十二葉も創作されて、限定特装版として刊行された。この詩篇は、二〇一三年、京都のエディション・イレーヌから『塔のなかの井戸～夢のかけら』として翻訳本が刊行されており、トワイヤンの眩い彩色ドライポイントとデッサンが再現されている。

七四頁★ジャン・ジュネの戯曲『屏風』(一九六一年)は、登場人物九十六名、全十六場、読むだけで七時間はかかるという超大作。ブルトンが見に行きたいと言った興行は、一九六六年、オデオン座での上演で、アルジェリア独立戦争(一九五四〜六二年)に対する風刺・批判が含まれていたため一大スキャンダルとなったもので、ブルトンはそれを見越していたものと思われる。宗主国のフランス人、入植者から搾取されるアラブ人、アラブ人が馬鹿にするベルベル人……といった差別の連鎖を、ジュネお得意の性的でスカトロジックな仕草や台詞で表現し、特に、死にゆくフランス人兵士に「祖国の香りを嗅がせよう」と言って、アルジェリア人兵士たちが放屁の音で「ラ・マルセイエーズ」を奏でるシーンは、抱腹絶倒ものであると同時に、痛烈な政府批判となった。

七七頁★ベティ・フリーダン Betty Friedan(一九二一〜二〇〇六)は、著書『女らしさの神話』(一九六三年)でアメリカのウーマン・リブ運動に火をつけたフェミニズム運動家。一九六〇年代は、先進諸国でウーマン・リブ運動が流行し始めた時期で、女性の天性の可能性を阻害して全体主義的な平準化・規格化が行われつつある現状に、ブルトンが深く憂慮していたことが分かり興味深い。後年、アニー・ル・ブランが、ブルトンのかつての合い言葉を表題に引用した著書『すべてを捨てよ』(一九七七年)において、当時のブルトンの思いを代弁するかのように、女性の立場からフェミニズムに対する仮借ない批判を行い話題となった。

七七頁★一九六五年十二月に開催された最後のシュルレアリスム国際展の企画段階において、ブルトンは、女性や愛の昂揚に関わるテーマを提案していたが、その企画に沿う作品を集めることが極めて困難となったため、グループの幾人かが、消費文明に侵された現代社会の仮面を剥ぎ取るテーマに変更してはどうかと提案したところ、ブルトンも同意し、シャルル・フーリエの言葉に由来する「絶対の逸脱」がテーマとなった。

七八頁★プロボ(Provo)とは、プロボケーション、つまり世間を挑発する行動を取るという言葉から由来しており、一九六五年、オランダで発生したアナーキストや芸術家、学生運動家らから成る反体制過激派のこと。

八一頁★　ジョイス・マンスールのこと。彼女が発表したほとんどの作品がブルトンに捧げられているように、ブルトンは彼女の作品を高く評価して世に紹介し続けた。註解の《マンスール》の項目で紹介されている二〇一四年の刊行本『或る女性シュルレアリストの生涯、ジョイス・マンスール』は、「アンドレ・ブルトンの共犯者」という副題を付しており、それによると、ブルトンとマンスールは、一九五六年の出会い以来、ブルトンの死までの約十年間、二人だけの毎日の散歩、バカンス中での頻繁な手紙のやり取りなど、恩師＝愛弟子以上、恋人未満という、異性間の危ういながらも微妙な精神的関係にあったことが指摘されている。

八一頁★　インドリヒ・ハイズレル（一九一四〜五三）は、チェコの詩人、各種クリエーターで、トワイヤン、シュティルスキーと並ぶチェコの代表的シュルレアリスト。一九三八年にプラハのシュルレアリスム運動に加わり、大戦中の地下生活を経、四七年、プラハの共産党クーデターの直前に、トワイヤンと共にパリに亡命、運動に参加。シュルレアリスム機関誌「ネオン」の主要編集者として活躍するなど、ブルトンが最も期待した才能だったが、三八歳の若さで死去。ブルトンはその早すぎる死を惜しんだ。

八二頁★　実際に、イヴシックの提案により、バティニョル墓地にあるブルトンの墓石の上に、この星形のオブジェが据えられている。

九四頁★　ジェラール・ルグランとヴァンサン・ブヌール。

九四頁★　シャルル・フーリエの造語を名称にした機関誌『アルシブラ』のこと。一九六七年にジャン・シュステルの責任編集で創刊、運動が解体する六九年まで七号を刊行した。

九五頁★　ディオニス・マスコロ Dionys Mascolo（一九一六〜九七）はフランスの新左翼系知識人、作家。一九五八年、ジャン・シュステルと《七月十四日》誌を創刊した他、愛人だったマルグリット・デュラスとの間に一子を設け、デュラス原作の映画にもたびたび俳優として出演。フランソワ・ミッテランと同期のレジスタンスの闘士であったことから、後年、シュステルにミッテラン大統領への橋渡しをした。

九五頁★　ジュアン・マイユー Jehan Mayoux（一九〇四〜七五）は、一九三二年からシュルレアリスム運動に参加した詩人。断固たる自由主義者として兵役を拒否し、五年の禁固刑を受け、のちにドイツ軍に捕らえられ、戦後に釈放される。生涯、フランス南西部の高原地帯コレーズに暮らし、権力との非妥協を貫いた、数少ないブルトンの古参の盟友。

一〇〇頁★マック・セネット Mack Sennett（一八八〇〜一九六〇）はアメリカの映画プロデューサー、映画監督、脚本家、俳優。バスター・キートンの喜劇映画の他、チャップリンを初めて映画に出したプロデューサーであり、「喜劇王」として知られる。

一〇九頁★メーテルリンクの思想を解説した三四頁の訳註を参照。

一一〇頁★自然とは何かを問う、ノヴァーリスの哲学的小説『サイスの弟子たち』より。

屈せざる孤独の森――ブルトンとイヴシック〈解題に代えて〉

松本完治

❖死後出版の真実

二〇一五年四月にガリマール書店から刊行された本書の原本〝Rappelez-vouz cela, rappelez-vouz bien tout〟を私が手にしたのは、まさに予期せぬ出来事からであった。というのは、著者、故・ラドヴァン・イヴシックの終生の伴侶であったアニー・ル・ブランから、ガリマール書店の編集者を通じて、刊行まもない原本が私に送られてきたからである。

当時、私はアンドレ・ブルトン没後五十年に当たる二〇一六年九月を期して、ブルトン関連の出版企画とともに、ブルトンの謦咳に接した最後の世代のシュルレアリストであったアニー・ル・ブランの来日講演と併せて、彼女にブルトンに関するエッセイの執筆を依頼していた。すでに拙訳書『塔のなかの井戸〜夢のかけら』（詩・ラドヴァン・イヴシック、挿絵・トワイヤン）を彼女に献呈していたこともあって、来日講演は快く承諾いただいたものの、ブルトンに関するエッセイについては、自分が書くよりも、この書が最も適切だと言って突然送られてきたのだった。

一読してその内容に衝撃を受けるとともに、ふと疑問に思ったのは、トワイヤンの遺言でもあるブルトン最後の一ヶ月の記録の発表が、なぜ、すでに亡くなった著者ラドヴァン・イヴシックの死後、それも六年も経過した今なのかということだった。

そしてその疑問が氷解する日が来る。今年（二〇一六年）六月、私は来日講演を九月に控えたアニー・ル・ブランとの事前打ち合わせのため、パリに赴き、初めて彼女に面会する機会を得たのだった。娼婦街が並ぶサン・ドニ通りをさかのぼったサン・ドニ門近くにある古いアパルトマンの四階。そこが、ラドヴァン・イヴシック亡きあと、一人で暮らす彼女の自宅だった。

ベルを押すと、小柄で痩身のアニー・ル・ブラン本人が現れ、温かな微笑とともに握手で挨拶を交わす。客間に通されると、開放された小さな部屋が四間ほど見えるのだが、客間も含めて、すべて壁面はびっしりと本に覆われ、数々のタブローが散見し、トワイヤンの油彩が三点ほど目を引くのだが、なかでも代表作の一つ『親和力』(Les Affinités électives) に描かれた猛禽のブルーの鮮やかさが目について離れない。

一九四二年八月生まれであるから、御年七三歳、これまでサドやロマン派、ジャリ、レーモン・ルーセルなどの多数の著作や、一昨年にオルセー美術館で開催された『サド、太陽を撃つ』展を主宰した内容のラディカルさとはうらはらに、柔らかで気品ある物腰に打たれ、何よりも、時折見せるその笑顔が非常に純粋で魅力的である。

そして私はおもむろに本書の刊行時期について質問を投げかける。彼女の答えはこうだった。

二〇〇九年十二月、ラドヴァン・イヴシックが突如、心臓発作で倒れ、二日後の二十五日にあっけなく息を引き取った。彼の遺品に、おそらく最晩年に書いたのであろう、本書の草稿が見つかったのだが、あまりに突然のことで、遺品の整理も手つかずのまま、ようやく六年後の二〇一五年に刊行に至ったという。彼女の返答は控えめで、その時のつらさを一切語ることはないが、三十七年余りの歳月を共に歩んだ同士であり伴侶でもあったイヴシックの突如の死の衝撃は、想像を超えるものがあったと察せられた。さらに私は、序文の編集者識や人物註解は、あなたが書いたのではないかと問うたところ、ご想像にお任せするが、たぶんそうでしょう、とやはり控えめな答えが帰ってくる。

そこでもう一つ、本書で、トワイヤンが、ブルトン最後の一ヶ月の出来事をあなたに記録しておくよう依頼していたことが書かれているが、どうだったかと問うたところ、メモはしていたと答えるが、それ以上多くを語らない。それはおそらく、イヴシックの伴侶という立場上、本書の発表やそれを解説する行為が、イヴシックや自分の自画自賛に誤解されかねないことを忌避する潔癖さによるものではないかと私は憶測するのだった。というのも、その前日、私はシュルレアリスムに詳しいフランスの作家に、死後出版の理由を質問したところ、ブルトンの死の当時から、イヴシックが最晩年のブルトンを独り占めしていたという、一種のやっかみのようなものが、周辺に渦巻いていたというのである。もしそれが事実であれば、ブルトン同様、売名行為とは対極的に無縁で、極度に潔癖なイヴシックが、記録の公表に逡巡し、ついに生前に発表しなかったことは想像に難くない。しかし事実がどうあれ、それをアニー・ル・ブランが、トワイヤンの遺言でもあるこの記録を、やはり後世に伝える必要があると判断し、あえて刊行に踏み切ったのではなかったたか。

いつの時代にも、どこの世にも、精神の奥深い部分を理解できぬスノッブや俗物ははびこるものであるが、最晩年のブルトン周辺のシュルレアリスト・グループも例外ではなく、そこにブルトンの深い孤独があり、数々の権力と闘ってきたトワイヤンとイヴシックだけが、そばに残ったというのは、象徴的でさえあり、必然でもあったと言えるだろう。しかし、ブルトン没後、そうした生半可なインテリと距離を置き、イヴシックは、アニー・ル・ブランとともに、アカデミズムや一切の組織、体制、賞を拒否し、貧困と闘い、孤立しながらも、毅然と生き抜いてきたその高潔さに感動を覚えぬわけにはいかない。本書は、その証しでもあるだろう。そしてまた、アニー・ル・ブランが書いたという本書の人物註解に、ジャン・シュステルやアラン・ジュフロワの俗物性が指摘されているのは、ブルトンやイヴシックの精神がどういうものだったか、という反証であり、代弁でもあるだろう。

アニー・ル・ブランと長時間談話する間、彼女はイヴシックや私事を語ることもなければ、個人を非難することもなく、個我を越えた奥ゆかしさ、超越性すら感じさせ、時折さらりと社会への批判を突くあたり、大いなる知性の人を感じさせた。まさに大いなる精神の貴婦人！　私はまた質問を投げかけた。スリジー＝ラ＝サルのシンポジウムで、あなたは「黒いユーモア」について語ることをブルトンから指名され、その内容を賞讃されたが、イヴシックはなぜ登壇しなかったのかと。すると次のような答えが返ってきた。あの人は、人前に立って演説するような人ではない、万事、潔癖で控えめな人だったと。本書でイヴシックの人となりや生涯の一端は明かされているが、どのような人だったのか、あらためて彼の人と生涯をたどってみよう。

❖ラドヴァン・イヴシックの人と生涯

著者のラドヴァン・イヴシックについては、すでに拙訳書『塔のなかの井戸〜夢のかけら』の解説で詳しく紹介しているが、一部重複を承知で稿を進めたい。ラドヴァン・イヴシック、クロアチア生まれの詩人、劇作家、翻訳家。彼は、一九二二年六月二二日、ザグレブ大学の言語学者、スラブ文化研究者であるステファン・イヴシックの息子としてザグレブで生まれた。十六歳の時にパリ、そしてグルノーブルに一時留学、この頃からシュルレアリスム文献やフランス文学を耽読し、パリのコメディ・フランセーズでソフォクレスの戯曲上演を企画しようとするなど、詩人・劇作家への夢を抱く早熟・多感な青年であった。しかしその直後に襲った戦争が彼の人生を狂わせる。

一九三九年、第二次大戦勃発後、ナチスの傀儡政権ウスタシャがクロアチアを掌握、ザグレブ大学在学中の一九四一年、二十歳の時、処女戯曲『息』を発表するも、当局からマークされ、本

ラドヴァン・イヴシック（Peter Dabac 撮影、1981 年）

書にも書かれているように、一九四二年に発表した詩『ナルシス』が、退廃的芸術の象徴として発禁・押収、さらに翌四三年発表の戯曲『ゴルドガーヌ王』も発禁、以後、一九五四年にパリへ脱出するまでの実に十五年間、つまり十八歳から三十三歳までの最も多感な青春期を、自由を剥奪された圧政下で生きざるを得なかったのである。そしてブルトンに絶賛された戯曲『ゴルドガーヌ王』は、本国ユーゴスラビアにおいて、なんと発表後四十年近い一九七八年まで発禁が解かれなかった。

本書にも書かれているように、以後、一九五四年に、《客観的偶然》の連鎖によって、パリへ脱出に成功、ブルトンに出会い、シュルレアリスム運動のすべての活動に参加する。六六年のブルトン没後も、『アルシブラ』誌に寄稿、しかし六九年、ジャン・シュステルによる運動の解体後、メンバーは離散、その後、いかなる名称やイデオロギーも排除しつつ、運動の精神を継続させようと、アニー・ル・ブラン、トワイヤン、ジェラール・ルグラン、ジョルジュ・ゴルドファン、ピエール・ポーシュモールと、一九七二年、現在進行という意味のもと、《エディション・マントナン》を設立、詩と批評活動を展開する（この活動の詳細は、拙訳書『塔のなかの井戸』を参照のこと）。

それと同時に、「一九七二年四月十一日から私はアニー・ル・ブランと共に生きていくことになった」と本書に書かれているとおり、以後、イヴシックは死ぬまで彼女と共に歩む。しかし、一九五四年のパリへの脱出以降、イヴシックは寡作であるというのが、私の印象である。一九六〇年にミロの挿絵で詩集『マヴェナ』、六七年に『塔のなかの井戸』、シュルレアリスムの機関誌には折々短文や詩を発表していたものの、先述した《エディション・マントナン》においても、アニー・ル・ブラン共著の詩篇『アルプス横断』(七二年)、短い詩篇『内部あるいは周囲』(七四年)、トワイヤンに関する評論二篇ぐらいであり、七八年に《エディション・マントナン》を閉じてからは、九〇年に評論『風さえない時、蜘蛛たちは…』、九九年にインドリヒ・シュティルスキーの写真十三点入りの詩篇『視線の復活』を発表したに過ぎず、極めて寡作である。

そのわけを、私はアニー・ル・ブランに尋ねてみた。すると、彼女はさらりとこう答えるのだった。「彼は文学者、つまり職業作家ではありません。それに、とにかくお金がなかった。数ヶ国語を操れたので、その特技を生かせる様々なアルバイトに勤しまざるを得ませんでした。ラルース大辞典の編纂・執筆にも関わっていて、執筆者欄にイヴシックの名前が載っていますよ」。私はある種、感慨深い思いに捕らわれざるを得なかった。なんという潔癖さ。ブルトン没後、いわゆる知識人とか、アカデミズムやジャーナリズムと一線を画したことによる、大きな代償なのだと思ったからだ。イヴシックの知識人アレルギーの深さ、最晩年のブルトンの孤独の意味を魂に刻んだ深さを思い知るのだった。

その一方で、故郷のユーゴスラビアでは、一九七〇年代以降、若い世代の擡頭もあり、徐々に彼の名は《名誉回復》していく。七四年に、若き日に書きためていた作品を編んだ詩集『黒』がザグレブで刊行、実に数十年ぶりのユーゴスラビアでの発表となる。折から、彼が『マルドロールの歌』をはじめ、シュルレアリスムや戯曲などのフランス文学を翻訳紹介していたこともあり、七八年には、「ゴルドガーヌ王」を含む旧作を編んだ『戯曲集』が刊行される。当戯曲は、自由と無垢の愛を渇望し、体制主義者を痛烈に皮肉った内容であるだけに、チトー体制も往事よりはかなり緩やかになったものと思われ、その後も、詩篇や戯曲がザグレブで再刊されている。

晩年、「ゴルドガーヌ王」の評判が高まり、特に九〇年代以降、ヨーロッパ中で上演されるようになると、イヴシックの声望は徐々に高まっていく。そのこともあり、ガリマール書店から、旧作や未発表原稿を編集した四冊、すなわち、『詩篇集』(二〇〇四年)、『戯曲集』(二〇〇五年)、エッセイ集『カスケード』(二〇〇六年)、死後出版であるが評論集『はち切れんばかりに』(二〇一一年)が相次いで刊行され、この四冊がほぼ全集に近いものとなる。

生涯にわたり、ブルトン同様、権力や体制側から下賜されるような一切の栄典、賞を拒否し、あくまで個を貫いたイヴシックは、ブルトンの言う意味で間違いなく詩人であった。イヴシックにとって詩とは、一切妥協しない人生を決意することにある。彼は書いている、「詩人はただひとつのことだけを必要とする。それは詩人たることをやめないことだ。たとえ数千の詩句を並べても、虚偽の言葉、駄弁、死んだ言葉を書くことに同意した途端、詩人ではなくなるのだ」と。そしてこうも書いている。「ただひとつの言葉だけが決して私を裏切りはしなかった。その言葉とは否《NON》だ」と。

以下、イヴシックの主要著作をここに記しておこう。

『息』（戯曲）DAHA, 1941［クロアチア語］

『ナルシス』（詩）NARCIS, 1942 ［クロアチア語］ 発禁・押収

『ゴルドガーヌ王』（戯曲）KRALJ GORDOGAN, 1943［クロアチア語］ 発禁

『タンケ』（詩集）TANKE, 1954［クロアチア語］ 地下出版

『エーリア』（詩）AIRIA, 1960

『マヴェナ』（詩集・ミロ挿絵）MAVENA, 1960

『塔のなかの井戸』（散文詩・トワイヤン挿絵）LE PUITS DANS LA TOUR, 1967

『ゴルドガーヌ王』（戯曲・トワイヤン挿絵）LE ROI GORDOGANE, 1968

『アルプス横断』（アニー・ル・ブランと共詩）LA TRAVERSÉE DES ALPES, 1972

『銃撃の大いなる闇』（評論・トワイヤンのデッサン）LES GRANDES TÉNÈBRES DU TIR, 1973

『トワイヤン』（評論）TOYEN, 1974

『内部あるいは周囲』（詩）AUTOUR OU DEDANS, 1974

『黒』（詩集）CRNO, 1974［クロアチア語］

『風さえない時、蜘蛛たちは…』（評論）QUAND IL N'Y A PAS DE VENT, LES ARAIGNÉES..., 1990

『視線の復活』（詩とインドリヒ・シュティルスキーの写真入）REPRISES DE VUE, 1999
『詩篇集』POÈMES, 2004
『戯曲集』THÉÂTRE, 2005
『カスケード』（エッセイ集）CASCADES, 2006
『はち切れんばかりに』（評論集）À TOUT ROMPRE, 2011

❖《客観的偶然》の真実

さて、本書の最大のテーマは、《客観的偶然》の連鎖の秘密であるだろう。もし一九五四年七月のその日に、ジャガイモを買いにザグレブの市場へ出かけなかったら……、もしパスポート取得後、ザグレブ行き列車の先頭車両の一等車室に乗り込まなかったら……、もしジュネーブのジャック・ヴィチニィアッチ宅へ寄り道しなかったら……などなど、様々な偶然が連鎖しなければ、イヴシックは、生涯のいくつかの十字路で、異なった道筋を歩むことになっていたかもしれない。もちろんブルトンをはじめ、ペレ、トワイヤン、アニー・ル・ブランに出会うことなく、中央ヨーロッパのメドヴェドニツァの森にずっと籠っていたかもしれない。

しかしイヴシックは、本書でブルトンの言う《客観的偶然》という観念について、決して宿命論に陥るものではないと力説する。そして「あらゆる権力が強制しようとする現実に対して、その隔たりが大きければ大きいほど、内的必然性を伴いながら、この途轍もない出会いが外的必然性となる公算が大きくなる」、それがヘーゲルの言う《客観的偶然》を構成するものであると述べている。つまり、彼がチトー体制下で、全ての知識人が寝返るなか、ただ一人屈せず、森に籠り、地下出版を挙行するなど、絶望的な孤独に耐え得たその反権力の強靭な精神エネルギーこそが、外的必然性となって、ブルトンとの出会いに結びついたと解釈できるのである。そして政治的傾向の強い三人がブルトンまで導く導管となった必然性を、彼はブルトンに出会ってから明確に思い知ることになる。

というのは、アンドレ・ブルトンこそは、一九三〇年代初頭からすでにモスクワ体制に厳しく反対の声を上げた最初の人物だったからである。最近でこそ、旧ソ連社会における個の自由を剥奪した悲惨な実態を我々は知っているが、当時の西欧の知識人は、ロシア革命後のソ連社会に大きな理想を描いており、それは戦後になってもレジスタンス活動家をはじめ、ほとんどの知識人が、その悲惨な真相を見透かすことができなかった。芸術の自由を訴えるトロツキズムを援用しただけで特権階級意識の持主だと糾弾されるなか、三〇年代以降のブルトンの活動の歴史は、スターリニズムやチトー主義を是とする知識人や左翼陣営との闘いの連続だったと言ってよい。アラゴンとの離反、ルネ・クレヴェルの自殺、多数のシュルレアリストの寝返り、ツァラからの誹誹謗中傷、エリュアールの裏切り、左翼陣営からの締め出し……こうした一連の修羅場を乗り越え、ブルトンやペレの、一貫した反全体主義、個の自由を渇望する強靭な精神エネルギーは、まさに圧政下における孤立を耐え抜いたイヴシックのそれと、ほぼ軌を一にしていたと言ってよいだろう。

イヴシックが、メーテルリンクの思想や気象学を引き合いに出しているのも、宿命論とは相反して、不可視の世界に流露する精神エネルギーのベクトルや磁力というものが存在し、それらが互いに引き合うなかで、偶然と見える事象が生じたり、途轍もない出会いと人生の方向が定められていくといった宇宙観が背後に形成されていたからではなかったか。そしてこれは、偶然と見える出会いばかりでなく、例えば、ミミ・パランの写真に映った稲妻やその裏面のアザミの象形、トワイヤンが運び込まれた病院の医者が同一人物であったという事象などにおいても、精神エネルギーの磁力なるものが、あたかも大気の気象現象のごとく、何らかのかたちで引き合い、呼び込んでいく事象を傍証しているのではあるまいか。

アニー・ル・ブランが書いたと思しき序文の編集者識に、イヴシックが結論を人生の最後まで遅らせてきたことは、人生の道程の輪郭をくっきりと浮き上がらせるために、最大限に眺望の距離を置いたからだと書かれているように、イヴシックが最晩年に自らの人生を俯瞰することを通して、彼のヴィジョンにはっきりと見えてきたものが、こうした彼の宇宙観であったのだろう。ここに《客観的偶然》の連鎖の秘密を解く鍵があり、それは本書全篇に流れている主調音だと言っ

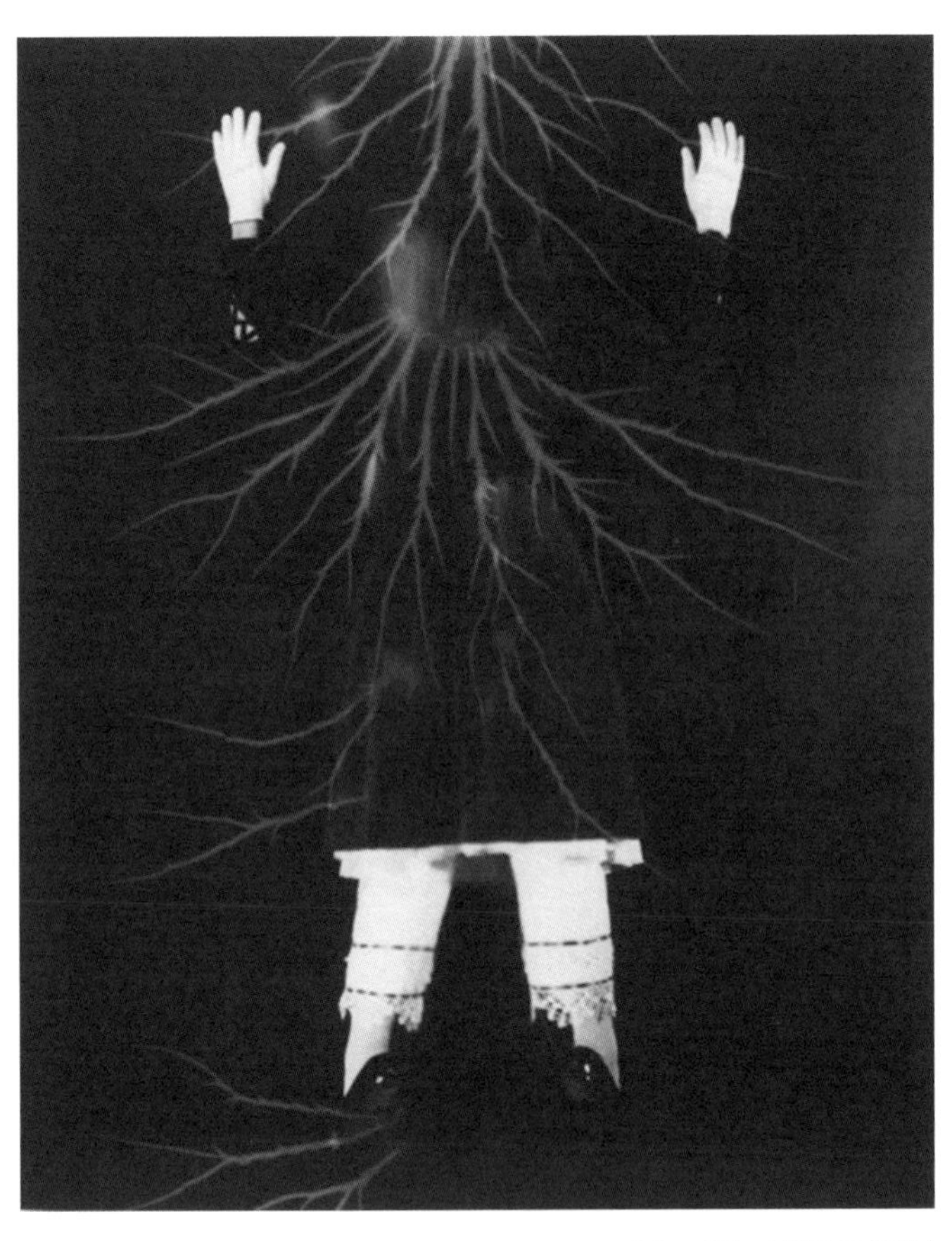

ミミ・パラン「理性の年頃」
(『ブレッシュ』創刊号掲載、撮影:ラドヴァン・イヴシック)

てよい。この不可思議に見えて、実は必然的なものである《客観的偶然》の連鎖は、ブルトンとの出会い以降も、続いていくのである。

❖真実の人、アンドレ・ブルトン

ナチスの傀儡政権下で六年、ユーゴスラビア社会主義連邦共和国を樹立したチトー政権下で九年、都合十五年もの弾圧下で、作家、芸術家と言われる者すべてが寝返るさまを目の当たりにしてきたイヴシックが、極度の知識人アレルギーに陥ったのも無理はない。ジュネーブで、ジャック・ヴィチニィアッチがパリにいる知人をイヴシックに紹介しようとし、イヴシックがそれを拒否するのも驚くべきことであるが、万一に備えてと、ヴィチニィアッチが彼に唯一紹介したのが、その清廉さにおいて今や絶滅危惧種に属するサニア・ゴンタベールであったことは象徴的である。そこからペレ、ブルトンへと繋がっていくのであるが、その連鎖は知識人とか文化人とか芸術家とは無縁の、個と個の精神の繋がりによるものだったと言ってよい。

一切の知識人を信用できないイヴシックが、最後にたどり着いたアンドレ・ブルトン。

たどり着いたばかりか、実際に出会ったブルトンに、骨の髄から共感と信頼を覚え、最後まで行動を共にする道筋に、思想を超えた熱い情愛すら感じさせる。これは、チェコの圧政下からパリに亡命したトワイヤンにしても同様である。私はここに、アンドレ・ブルトン、すなわちシュルレアリスムの核心があると痛感するのである。シュルレアリスムとは、単に思想や芸術には終わらない、全人格的な生きざまにその核心が存在するのであると。そして、ブルトンという人間そのものが《真実の生》、真の自由を熾烈に希求する純粋な化身であったという証明でもあるだろう。なぜなら、来る日も来る日も権力から迫害を蒙って孤立に耐え抜き、骨の髄まで組織や人間への不信を思い知らされた彼らが、かくまでもブルトンを慕い抜く謂われはないからである。

ブルトンのアトリエが、同時代の致死的な影響を寄せつけぬ、《真実の生》を強く主張する一種のマニフェストになっていたこと、「ゴルドガーヌ王」の仏訳版を読んで、熱狂的に讃辞を語ってやまぬブルトンの一途さなど、本書には様々なブルトンの一面が語られているが、その溢れ出る烈しくも純粋なエネルギー、決して妥協しない一徹な精神、自由を阻害するものへの鋭い洞察と反逆精神に、イヴシックやトワイヤンは人間として唯一の信頼を見出したのではあるまいか。

一九五〇年代のシュルレアリスム運動が、《カフェ》での議論を中心に、戦前同様に活発で、スターリニズムやアルジェリア戦争反対への集団アピール、詩とアナロジーの的確さを求める自由闊達なゲーム、「エロティスム」をテーマとしたシュルレアリスム国際展など、イヴシックは率先して参加するが、それは思想的共鳴のみならず、人間ブルトンへの篤い信頼と敬愛に裏打ちされたものであろう。彼と同世代のシュルレアリストが周りに多数いたにもかかわらず、彼がペレやトワイヤンを例外として、ジャン・ブノワ夫妻やジョイス・マンスール以外に、友人となった形跡は見当たらない。文中で、ジャン・シュステルら同世代のフランスのシュルレアリストが、権力の真の怖さを肌で感じていないと嘆じているが、彼はやはり生半可なインテリとは距離を置いていたのであろう。それがブルトン没後の言われなきイヴシックの孤立を招いたのかもしれないが……。

真実の人、アンドレ・ブルトン。彼は、詩、すなわち言葉においても真実の人であったことが本書に書かれている。夥しい数の愛する詩を暗記し諳んじることで、詩の世界に没入し、《詩が決して止むことのないその場に回帰して立ち現れる本然の姿》を明るみにしようとする離れ業。人類の長い歴史を振り返ると、詩や文学が、活字だけの存在になって、《声》という肉体とは違う平面的なものに堕してしまったのは、近代以降の局部的現象にすぎない。我々は口承文学と軽々しく口にするが、言葉に入魂した朗誦によって、言葉の持つ肉体性、神秘性、立体性が明るみとなり、詩の本質を魂にまで浸透させることができる。そして、それこそが文芸の本来の姿であったと言えるだろう。古代ケルト文化に、書いた文字が存在しないのは有名な話だが、日本的に言えば、まさに言霊の伝承を旨とした世界であったのではあるまいか。ブルトン入魂の朗誦は、おそらくフランス語の持つ官能美が全開していたであろう。そう思うと、ブルトンという人が、いかに時代を超越し、先人と詩魂なるものを交感し、その本然の姿を体得していたかが知られ、そこにも古代から連綿と連なるシュルレアリスムの核心があると言えるだろう。

❖サン＝シル＝ラポピーへの連鎖

六月のパリは夜の九時過ぎまで暮れることを知らない。日本ならすでに黄昏の頃、アニー・ル・ブランは、思い出すようにつぶやいた。「一九五九年のシュルレアリスム国際展はエロティスムをテーマにしましたが、あれは人類が初めてエロティスムを客観視した展示で画期的なことと言わねばなりません。特に『エロティスム簡略辞典』の編纂は素晴らしいものです」。私は深く納得するとともに、ブルトンとバタイユが互いに深く理解しあっていたことを引き合いに出した。

すると彼女はこう切り出した。「もちろん互いに尊敬しあっていました。しかし、六〇年代は、バタイユ人気が絶頂を極めていました。これはバタイユの思想がマルセル・モースとの関連でアカデミズムに高く評価され、コレージュ・ド・フランスの社会人類学で大きく喧伝・称揚されたせいなのです。一方、アカデミズムとはまったく無縁のブルトンは、すでに過去のものという扱いを受けていました」。

日本でも八〇年代に同様の現象があったことを思い出し、私は最晩年のブルトンの孤独に思いを馳せるのだった。ブルトンは、健康上の理由もあり、運動の精神を若い世代に引き継ごうと、六二年頃から一線を退く構えに出たものと思われる。おそらくその頃からであろう、本書にも書かれているように、《カフェ》での会合のテーマを若い世代に任せるようになり、欠席も増え、徐々に運動の操縦がきかなくなっていったのは……。ブルトンが最後のシュルレアリスム国際展に「女性の到来」をテーマにしようと提案しても、周囲の反対にあって断念せざるを得なかったことも、その事態を象徴するものであろう。ブルトンという人は、若者の可能性に期待するあまり、若い世代に特に寛大な人であり、一度も高圧的な態度を取ることなく、彼らの成長のために助力を惜しまず、そのために自らの意見を強引に押し通すこともしない人だった。にもかかわらず、そんな犠牲的でフェアな彼を裏切るかのように、《カフェ》での会合は、徐々にその質を落としていく。

イヴシックが、一九六四年から六五年、世界が凍りついたように感じ、トワイヤンとしか真に語り合えず、ついに六六年三月頃に疲労と抑鬱で肺炎にかかったこと、六三年から参加したアニー・ル・ブランが、ブルトンのいないカフェでの会合は退屈で帰りたくなると告白したことが、本書に書かれているが、それが当時の驚くべき深刻な事態を物語っている。私は、目の前にいる現実のアニー・ル・ブランに、当時の《カフェ》の実態を尋ねてみた。するとこう答えるのだった。「ブルトンがいない時は、知的な会話はほとんどありませんでした」と。

おそらくその実態については、ブルトンにとっても深刻だったようだ。最後の夏、ブルトンがサン＝シル＝ラポピーに出発する直前の最後の《カフェ》で、彼は皆に言い放つ。自分が招待する以外は会いに来ないでほしいと。そして九月初頭、イヴシックとトワイヤンに本音を洩らす。「敵しかいないパリから全てを引き払う必要があるし、二度とパリには戻らないつもりだと」。ここにおいて、ブルトンとイヴシックの精神エネルギーのベクトルは、ほぼ一致したものと言ってよい。

一九六六年八月二八日からブルトンの死までの一ヶ月間、すなわちブルトンとイヴシックの世にも濃密な日々は、二人のこれまで歩んだ道程の集積による精神エネルギーの重なりの結果と見てよいだろう。それは《客観的偶然》の最終的な集積の結果とも言えるのだが、この最後の一ヶ月間を現出させた直接的な起因は、トワイヤンの世にも眩いデッサン十二点にあった。すなわち七月二十日、トワイヤンがサン＝シル＝ラポピーに発つ直前に、イヴシックに当連作を見せ、詩を添えてほしいと依頼したことから始まるのである。その素晴らしさに、即座に詩想が湧き、鬱が解消するイヴシック。彼は詩を書くため、サン＝シル＝ラポピーへの出発を二、三週間遅らせる。この延着こそが、最後の一ヶ月間を現出させる幕開けとなるのだ。

しかし、《客観的偶然》はそれだけでは終わらない。イヴシックが、詩想の湧くがまま、オートマティックに書き上げた『塔のなかの井戸』は、私が当訳書の解題にも紹介したように、絢爛たる詩文で狂おしい愛と官能を綴っており（当書のヒロインは、他ならぬアニー・ル・ブランだ）、これをブルトンが気に入らないはずがないという傑作であった。本書でイヴシックは、自画自賛に陥らないよう極力控えめに書いているが、八月三十一日に当作を読んだブルトンは、相当感動したものと思われる。翌朝、イヴシックを早く呼び出し、ヴァレリーが彼に語った一言一句を熱く伝えるブルトン。その私心のない熱心さに心を打たれるイヴシック。詩文のわずか三カ所を訂正するだけで完璧を期すというブルトンの当作への熱い思い入れ。しかも、なおも読み返したいと言うブルトン。そう、この時から、二人の関係はさらに深い情愛のあるものに変わっていくのである。本書で、その場面の直後から、ブルトンという呼称ではなく、時々アンドレと呼んでいるのが、何よりの暗示であろう。

　しかしこのことは、実はブルトンの方にこそ大きな変化をもたらしていたのだ。『塔のなかの井戸』を読む前、パリに戻ったらジュネの『屏風』の初日興行を観に行くと言っていたブルトン。それが、読んだあとの二、三日後、二度とパリに戻らないつもりだと言う変化。寡作で出しゃばらないイヴシックは、もともとグループで目立たぬ存在であったが、ブルトンにとって、『塔のなかの井戸』の絢爛たる詩才は瞠目すべきものであったに相違ない。ブルトンは、イヴシックを詩の後継者と見定めたからこそ、かつての師ヴァレリーの一言一句を伝えたのではなかったか。そして、自らの死期をかなり正確に見定めていたからこそ、サン＝シル＝ラポピーに留まるというイヴシックと、最後の日々を共に過ごすことを決意したのではなかったか。

　それからのブルトンは、死の病と闘いながら、まさに超人的な気魄を持続させる。肺気腫とい

Nimitortoucarchibocracuipui.

St Cirq la Popie, 8 sept. 1966
VfB.

"Nidmitretortue (toupie) cartouchièrechienfaisantlebeauXcran d'arrêt
-cuissepuits"

瞑想のゲームにおけるブルトン筆の素描
（1966年9月8日、サン＝シル＝ラポピーにて）

う病は、肺の弾力が失われ、肺胞が死んでいく病気で、呼吸困難がつきものである。顔にあざが表れるというのも、酸素不足によるチアノーゼ現象であり、時々意識障害も併発、特に息を十分吐けないものだから、十分吸えないという、誠に苦しい病気である。医者でもあるブルトンは、自分の病の進行を、ある程度、正確に把握しており、パリに早く戻って大病院で手厚い治療を受ければ、もう少し生きていけることも知っていたはずである。にもかかわらず、あえて放置したことは、緩慢なる自殺行為と言ってもよいだろう。しかも、あえて呼吸困難と闘うという、最も苦しい道を選んだのだから、彼自身が時折不安に陥るのも無理はなく、なかでも意識障害を最も恐れていたのであろう、深層意識下における言葉との関係を探るゲームにより、自らの意識障害の有無を確認するほどまで、自らを律しようとしていたのである。トワイヤンやイヴシックに不安を告白するところは、人間ブルトンの生(なま)の顔が見えて非常にリアルであり、彼ら二人によほど心を許していた証拠だろう。ペレ亡きあと、ついにブルトンの真の知己は、権力についに屈服しなかった筋金入りのトワイヤンとイヴシックだけだったのだから。

それにしても、ブルトンの何という恐るべき気魄であろう！　自らが打ち立てたシュルレアリスムの精神に照らし合わせて、決して恥ずべきことをしないと、若い頃から自らに誓いを立て、それを断固として貫き通した不屈の男。その最後の真価ともいうべき迫真の姿に、一読者として感動を覚えぬわけにはいかない。そして最後まで「どんな細かなことにも注意を払う、精神のあらゆる活力を維持していた」というのだから、もはや常人業ではあるまい。

しかも、ブルトンは一種の冥い透視力を有していたと、かつてマンディアルグが指摘したように、彼はその鋭い直観もしくは霊感によって、サン＝シル＝ラポピーの古い村役場の解体を自らの命に擬し、見事に言い当てたのである。何というアナロジーの的確さであろうか。まさに稀有な詩人の啓示としか言いようがない。

死の二日前、ブルトンは救急車によるパリ帰還に同意したわけだが、おそらくパリ到着まで命は持つまいと判断していたからであろう。出発前夜に「今に幕が降ろされるだろう」と言う神がかりのように的中する予言。出発当日、救急車に自ら乗り込み「マック・セネットの喜劇みたいだな」と自らを揶揄する余裕。彼はもはや生と死との葛藤を超越していたのだ。死は恐れないが、苦痛を恐れていると、その半月ばかり前に告白していた彼だが、もはや苦痛の域をも乗り越えたのであろう。人生という苦難と誇りに満ちた舞台から降り、時空を超越した《大時計のなか》へ立ち去って行こうとするブルトン。「ロートレアモンの本当の大きさとは、どんなものだろう？」。そう言って、地平線に沈みゆく朱の太陽を見つめる彼の荘厳な光景は圧巻である。おそらく本書の白眉だと言ってよい。万人に詩を、と謳ったロートレアモンの壮大な宇宙観と無限への飽くなき渇望が、朱に照らされた地上の広大な光景に重なり、肉体は滅ぶとも詩魂は宿るという強烈な印象を読者に与えずにはおかない。シュルレアリスムの精神とは何か、身を以て顕示された瞬間でもあるだろう。

❖通底する孤独の森

ブルトンの死後、トワイヤンは数え切れないほど何回も、サン＝シル＝ラポピーの最後の一ヶ月間に立ち戻り、思い出すことの全てを伝えたいと、十四年後の一九八〇年に亡くなるまで願い続ける。「ブルトンの最後の衝撃的な問いかけや、その日その日に口にされる、解読しては興奮を催す多様な言葉の数々は、雷に打たれた大地に、偶然、見たことのない眺望が立ち現れるに等しかった」とイヴシックが書いているように、トワイヤンにしてみれば、命旦夕に迫るブルトンが、断固たる孤独のなかで、自らの死生観を問い、シュルレアリスムに生きた人生の証しを、言葉や立居振舞、その存在の全てをもって、最後の一ヶ月に凝縮させたように見えたのではあるまいか。おそらくそうであろう。イヴシックとて同じ感慨に捕らわれたであろう。だからこそ最初に「シュルレアリスム66」という本書の題名を思いついたのだ。

しかし、イヴシックはなおも問い続ける。なぜ、ブルトンが、あれほどまでに孤独に陥らざるを得なかったのか。どういう巡りあわせで、トワイヤンと自分だけが残り、最後の一ヶ月を過ごすことになったのか。先述したように、この問いの明確な答えを見出すのに、実に四十年以上の距離を置く必要があったのだ。ブルトンの死の時、四五歳の彼が、八八歳で亡くなる手前で、自らの道程を振り返った時、おのずから見えてきたものがあったのだろう。彼は、その見えてきた形象、すなわちノヴァーリスの言う《不思議な形象》をより明確にしようと、記憶を振り絞るのである。本書の原題である、「あのことを思い出そう、すべてをよく思い出すんだ」と。編集者識は語っている、数々の注目すべき連鎖を報告するためには、鋭敏な意識をもって記されねばならず、事実を最高度に正確に物語る必要があると。

　遠い過去の些細な出来事まで記憶を振り絞る業は、おのずと深層意識下へ思いを馳せることになる。これは深夜に意識障害に見舞われたブルトンが「あのことを思い出そう、すべてをよく思い出すんだ」と言い聞かせ、意識の奥深くへ探りを入れたことと何と似た作業であろうか。そうした鋭敏な意識を持続させて道筋を明るみに出した時、イヴシックは最後に見出すのである、《二つの源泉が、偶然というものの裏側で一閃を放って姿を現し、合流していく様を、私は目の当たりにしたのだ》と。

　すでに薄暮の頃合いが近づいたのだろうか、私の目の前で腰かけている現実のアニー・ル・ブランのたたずまいが陰影深くなりだしていた。彼女は、本書の意味のすべてを心得ているはずだ。私は核心を衝く質問を投げかけた。「イヴシックが籠もっていたメドヴェドニツァの森。ブルトンが最後に過ごしたサン＝シル＝ラポピーの森。双方の深い孤独が通底していたと解釈してよいのでしょうか」と。するとアニー・ル・ブランは、多くを語らず、「そうでしょうね」とだけ言葉を発するのだった。

私は複雑な思いに捕らわれた。半世紀近くにわたってグループを維持し、《カフェ》での会合を継続してきたブルトンが、最後に断固とした孤独に自らを置いたことをどう解釈すればよいのか。ブルトンは最後の日々に言う、「私は望むがままに生きてきた。何の悔いもない」と。そしてこうも言っている、「友情に対してすら闘わねばならない」と。これはイヴシックに発した偽らざる本音なのだろうか。だとすれば、ブルトンはシュルレアリスム・グループという集団行動を続けながら、常に孤独だったのか。集団行動は、《生の変革》と《世界の変革》の目標に近づくための、社会へのアピール度を高める手段のひとつとして有効ではあったが、そのなかでブルトンの真の知己がいかほど存在したのか。マンディアルグは、ブルトンが、犠牲的努力を払い続けながら、死ぬまでグループを持続させたことを、理屈上は理解できるが、その真意が分からない、謎だと指摘している。

いずれにせよ、ブルトンの生涯が、数々の同士からの裏切りの連続でもあっただけに、彼は自らの孤独を織り込み済みだったように思われる。先述したように、ペレ亡き後、真の知己はトワイヤンとイヴシックのみだったという事実、彼ら二人は母国で数々の裏切りに会い、中央ヨーロッパで断固たる孤独に甘んじた闘士なのだ。イヴシックにしてみれば、メドヴェドニツァの孤独の森から脱出して、パリでブルトンに出会い、活動を共にし、最後に再び、サン＝シル＝ラポピーでの孤独に遭遇したのである。サン＝シル＝ラポピーの森は、ブルトンとイヴシックの精神エネルギーのベクトルが相似形を描いて、数々の連鎖を繰り返しながら最終的に重なり合った地点なのだ。

昨年、アニー・ル・ブランは、ザグレブ近代美術館で『ラドヴァン・イヴシック——屈せざる森』展を主宰し、展示作品の見事なカタログを執筆している。その表題として、《森》の前に、《屈せざる》——insoumise——という単語（屈服しない、あるいは、屈従しないという意味の単語）を冠したことは、意味深長である。権力や集団、体制、組織の圧力に決して屈しない《個》の孤独の森であると同時に、肉体は滅びても、その断固たる精神は決して屈しないというメッセージでもあろう。イヴシックがメーテルリンクとノヴァーリスを援用した背景には、肉体の生存にかかわらず、狭小な《自我》を囲繞する広大無辺な無意識下の世界で、不可視のエネルギーや想念なるものが、宇宙や自然界と重なり合い、不滅のものとして流露していることを確信したからではなかったか。

あのブルトンの断固たる孤独、その精神エネルギーは、四〇年以上もの間、イヴシックの魂に浸透し続けるほど強烈なものだったのだろう。本書を何度も読み返した私などは、まだ一度もこの目で見たことがないにもかかわらず、中世の美しい村、サン＝シル＝ラポピーの風景、森、石造りの旧家、ロット川の断崖が鮮やかに脳裏に浮かび上がり、ブルトン、イヴシック、トワイヤ

サン=シル=ラポピーでのアンドレ・ブルトン（1960年代）

サン=シル=ラポピーのブルトンの家の前庭
（ブルトン、エリザほか、1960年頃）

サン=シル=ラポピー遠景

ブルトンの家の側面

星型のオブジェが据えられた
アンドレ・ブルトン墓
(撮影:訳者、2016年6月4日、
バティニョル墓地にて)

ブルトンの家の庭にはめ込まれた瑪瑙
(上段とも撮影:佐々木聖、
2016年5月26日、
サン=シル=ラポピーにて)

ンという至純の人の、真実の交流が、まるで美しい映画を観るかのように映し出されるのである。本書の証言と内容の何たる力であろうか。

アニー・ル・ブランと談話すること四時間余り、そろそろ切り上げなければならないと、私は最後の質問を投げかけた。「サン＝シル＝ラポピーで、ブルトン夫妻と会ったことはありますか」と。彼女は遠い昔を振り返るように、宙を見上げた。「ブルトンに初めて出会ったのがサン＝シル＝ラポピーでした。詩を書いてブルトンに見せていた友人に連れられて紹介されました。私は緊張のあまり、口もきけませんでしたが、ブルトンは気さくにぜひパリに来たらいいと奨めてくれましたね」。

暇乞いをする間際、同行していた画廊「LIBRAIRIE6」のオーナー、佐々木聖さんが、アニー・ル・ブランへのおみやげにと、紙に包んだサン＝シル＝ラポピーの瑪瑙を差し出した。彼女はパリへ来る前、サン＝シル＝ラポピーに立ち寄り、ブルトンがロット川沿いで熱心に蒐集していたという瑪瑙を拾ってきたのだ。そう説明すると、アニー・ル・ブランは、小さな手でその瑪瑙をぎゅっと握りしめ、とても嬉しそうに微笑んだ。「Merci Beaucoup」。なんて透き通るように純粋でやさしい微笑だったろう。

アニー・ル・ブランと三ヶ月後の九月に日本で再会することを約し、パリの街へ出た時は、すでに薄暮だった。ここ数日の雨でセーヌが未曽有の増水に見舞われていたが、今は空が澄みきり、パリに来て以来、初めて見る夕陽が射し込んだ。私は稀有な感に打たれ、あの最後の一ヶ月から、今年の九月でちょうど半世紀が経過することに思いを巡らした。そう、九月にアニー・ル・ブランが日本に来てアンドレ・ブルトンを語る。それに合わせて「LIBRAIRIE6」で、《アンドレ・ブルトン没後五十年記念》展が開催される。三年前、私が『塔のなかの井戸』の翻訳を発表して以来、数々の連鎖があって今に至ったことに、あらためて不思議な縁(えにし)を感じるのだった。様々な感慨に捕らわれ、ふと気づいた時、パリは美しいイリュミネーションに燦めいていた。

二〇一六年六月

訳者略歴

松本 完治（まつもと かんじ）

一九六二年京都市生まれ。仏文学者・生田耕作氏に師事。学生時代の八三年に文芸出版〈エディション・イレーヌ〉を設立、文芸誌『るさんちまん』を三号まで刊行。『至高の愛』、『マルティニーク島 蛇使いの女』アンドレ・ブルトン、『愛の唄』ジュネ、『自殺総代理店』ジャック・リゴー、『薔薇の回廊』マンディアルグ、『塔のなかの井戸〜夢のかけら』ラドヴァン・イヴシック、トワイヤンなど編訳書多数。

あの日々のすべてを想い起こせ　アンドレ・ブルトン最後の夏

発行日　二〇一六年九月二八日
著　者　ラドヴァン・イヴシック
訳　者　松本 完治
発行者　月読 杜人
発行所　エディション・イレーヌ　ÉDITIONS IRÈNE
京都市左京区北白川瀬ノ内町二一-二　〒六〇六-八二五三
電話 〇七五-七二四-八三六〇　e-mail : irene@k3.dion.ne.jp
URL : http://www.editions-irene.com
造　本　Atelier 空中線　間 奈美子
印　刷　トム出版
定　価　二、五〇〇円＋税

ISBN978-4-9909157-0-4 C0098 ¥2500E